Eaux dormantes

*Traduit de l'américain
par Philippe Rouard*

*ILLUSTRATIONS DE
RICHARD MARTENS*

SPECTRES

HAUTE TENSION

L'édition originale de ce roman a été publiée
sous le titre :
NIGHTMARE LAKE
par Dell Publishing Co., Inc., New York,
dans la collection TWILIGHT ™
© *Carl Laymon and Cloverdale Press. Inc., 1983.*
© *HACHETTE, 1985.*
79, boulevard Saint-Germain, 75006 Paris.
Tous droits de traduction, de reproduction et d'adaptation
réservés pour tous pays.

A ma fille, Kelly Ann

CHAPITRE 1

« Je t'interdis ! »

Ignorant l'avertissement de sa jeune sœur, Burt Elliot défit la boucle de la laisse.

« Non ! » Sammy se leva de son siège à l'arrière du canot et avança accroupie vers son frère. La petite embarcation tangua dangereusement.

« Assieds-toi ! hurla Burt. Tu vas nous faire chavirer !

— Ne lâche pas Viking ! » Mais le garçon libéra le chien de son collier, et l'animal impatient sauta par-dessus bord.

Sammy n'en continua pas moins d'avancer, ses boucles brunes rabattues par le vent sur ses yeux couleur noisette.

« Espèce d'idiot ! gronda-t-elle. Si jamais il se noie...

— Ne dis pas de bêtises. Il adore l'eau. »

En se retournant, Sammy heurta la tête de son frère, faisant tomber sa casquette dans l'eau.

« Voilà ! Regarde ce que tu as fait ! » grogna Burt. Il se pencha par-dessus bord et parvint à repêcher son couvre-chef. Sammy avait quatorze ans, soit deux ans de moins que lui, mais elle se comportait parfois comme une enfant, pensa avec irritation Burt. Après ces deux semaines de vacances, sa patience était à bout, et encore sept jours à tirer. Quelle barbe ! se dit-il. Il en avait plus qu'assez de ce séjour au bord du lac.

« C'est un lac, reprit Sammy, pas une piscine.

— Et après ? » Burt secoua sa casquette, aspergeant de gouttelettes le visage constellé de taches de rousseur de Sammy. Irrité, il jeta son couvre-chef trempé au fond du canot et, clignant des yeux pour se protéger de la réverbération du soleil, il se tourna pour observer Viking.

« Il y a des poissons dans un lac », dit Sammy.

Burt poussa un soupir exaspéré. « Les poissons ne mangent pas les chiens.

— Les piranhas, oui ! »

Burt secoua la tête avec lassitude. « On est dans le Wisconsin, pas en Amazonie. »

Il regarda Viking fendre les eaux agitées d'un léger remou. Le chien se dirigeait vers un bout de bois qui flottait non loin du rivage rocheux d'une petite île.

« Va le chercher, demanda Sammy.

— Il reviendra tout seul. »

Viking approcha de sa proie et la cueillit dans sa gueule. Puis il fit demi-tour en décrivant un cercle, sa tête couleur de feu bien hors de l'eau, la queue raide comme un périscope.

« Ici, Viking ! appela Burt. Viens ! »

Le chien nageait rapidement vers le canot quand, brusquement, il pointa les oreilles en direction de l'îlot. Lâchant son bout de bois, il se dirigea vers le rivage.

« Viking ! hurla Burt. Reviens ici ! »

Sammy gémit : « S'il va sur cette île...

— Eh bien, nous irons le chercher.

— Tu sais bien que papa nous a interdit

d'aller sur ces îles ! » Sammy se leva brusquement. Elle ôta le T-shirt qu'elle portait sur son maillot de bain rouge éclatant et plongea dans l'eau. Elle refit surface à quelques mètres du canot et jeta en direction de son frère son regard le plus noir.

« Attention aux piranhas ! » lui cria Burt.

Sammy nageait un crawl parfait, sans la moindre éclaboussure. Elle gagna rapidement sur Viking, mais le chien avait pris trop d'avance. La jeune fille était assez loin derrière, quand l'animal prit pied sur le rivage. Il s'arrêta et regarda derrière lui, puis s'ébroua furieusement.

Sammy prit pied à son tour.

« Viens ici, Viking », appela-t-elle. Le chien aboya joyeusement, virevolta, et s'en fut en trottinant vers le bois, où il disparut. « Viking ! » Sammy regarda par-dessus son épaule en direction du canot. « Crétin ! » cria-t-elle à l'intention de son frère. Elle avança vers le bois, les bras tendus pour garder l'équilibre sur les pierres glissantes, posant ses pieds sur celles qui lui paraissaient les plus stables. « Ici, Viking ! » appela-t-elle encore. Puis, sans un regard derrière elle, Sammy disparut à son tour dans le bois.

Burt, en proie à un léger sentiment de culpabilité, attendit de les voir réapparaître.

C'était tout de même lui qui avait lâché le chien. D'ailleurs, si Sammy n'avait mis tant de hâte à plonger, il serait aller le chercher.

Burt passa sur le banc médian du canot et, à l'aide du seul aviron droit, il orienta l'embarcation dans la direction où avait disparu Sammy. Il mouilla les deux avirons, tira de toutes ses forces en rejetant le buste en arrière, et le canot se mit à glisser silencieusement sur les flots. On n'entendait que le grincement des tolets et le bruit que faisaient les avirons au contact de l'eau.

Soudain, le garçon perçut la voix de Sammy, aiguë, pressante. « Burt ! Burt ! Viens vite ! »

Il gagnerait plus rapidement le rivage à la nage, pensa-t-il, mais le canot dériverait, et ils seraient prisonniers de l'île. Burt continua donc de ramer jusqu'à ce que la coque vînt racler contre le fond rocheux. Il ramena alors les avirons et sauta dans l'eau. Soulevant l'embarcation par l'avant, il entreprit de la tirer au sec. Ses pieds glissaient sur les pierres recouvertes de vase, mais il n'avait cure de tomber. Il s'inquiétait uniquement de Sammy et de Viking.

« Sammy ! » appela-t-il. Pas de réponse. Burt parvint enfin, aidé du léger ressac, à hisser le canot sur la rive.

« Sammy ! appela-t-il de nouveau. Où es-tu ? »

Il parcourut la lisière du bois en tendant l'oreille. « Sammy ? »

Le garçon sursauta en apercevant une vague silhouette qui s'enfonçait furtivement dans l'ombre du sous-bois. Il se lança à sa poursuite, mais la végétation était trop dense pour lui permettre de voir à plus de quelques mètres. Il perçut nettement le bruit d'une fuite à travers les arbres. « Sammy ? » Les pas s'arrêtèrent. « Sammy ? C'est toi ?

— Burt ? » La voix de sa sœur retentit dans son dos.

Il fit volte-face.

« Ici ! » cria Sammy.

Burt ne put réprimer un frisson de peur. Il se retourna dans la direction prise par l'inconnu et scruta l'ombre.

« Ohé ! appela-t-il. Qui est là ?

— Mais je suis là ! cria derechef Sammy. Viens vite ! »

Burt recula sans quitter des yeux le sous-bois. Quelqu'un — ou quelque chose — était là. Il sentait sa présence. Il aurait presque pu deviner la forme tapie parmi les arbres et n'osait pas lui tourner le dos.

« Burt ! » La voix de Sammy était toute proche. « Tu en as mis du temps ! » dit-elle.

Burt se tourna vers sa sœur. Accroupie dans une petite clairière baignée par le soleil, elle retenait Viking par le cou. Le chien agitait impatiemment la queue. Il tenait un court bâton pointu dans sa gueule.

« Approche et regarde ça, dit Sammy d'une voix encore vibrante de peur.

— J'ai cru que tu avais des ennuis, dit Burt d'un ton de reproche. Pourquoi cries-tu comme ça, si tu n'as rien ?

— Tu aurais fait pareil. » Elle lui désigna le sol à ses pieds. Burt baissa les yeux et recula d'un pas en étouffant un cri de stupeur.

Il contempla les os blanchis par le soleil, la bouche édentée, le crâne luisant du squelette qui gisait à terre parmi les feuilles mortes.

« Un squelette humain, parvint-il enfin à articuler d'une voix faible.

— Tout ce qu'il y a de plus humain, ajouta Sammy, essayant de prendre un ton ironique.

— Où l'as-tu trouvé ? demanda Burt, jugeant aussitôt sa question stupide.

— Ici, pardi. Tu ne t'imagines tout de même pas que je l'aurais touché ? Regarde ce que Viking a fait. » Elle montra quelques os éparpillés non loin. « Il a sauté en plein dessus en allant chercher un bout de bois que je lui avais lancé. » Sammy eut une grimace de dégoût. « Comment aurais-je pu savoir que le bout de bois atterrirait sur un squelette ? Regarde.

— On ferait mieux de filer, dit Burt.

— Oui, ne restons pas là », approuva Sammy. Elle se releva, fixant toujours le squelette d'un regard horrifié. « Qu'est-ce que tu paries qu'il s'agit d'un crime ?

— je n'ai pas envie de parier.

— Parce que tu perdrais ! Je parierais n'importe quoi qu'il s'agit d'un meurtre et que l'assassin a caché ici sa victime en pensant que jamais personne ne découvrirait le corps.

— Tu as trop d'imagination », dit Burt d'une voix mal assurée. Il promena un regard inquiet autour de lui. La silhouette qu'il avait vue fuir dans le bois n'avait certainement rien à voir avec leur macabre découverte. « Eh bien, qu'attendons-nous pour partir ?

— Qu'y a-t-il ? demanda Sammy. C'est le squelette qui te rend si nerveux ? »

Burt secoua la tête.

« Nous ne sommes pas seuls, chuchota-t-il en voyant les yeux de Sammy s'agrandir. Il y a quelqu'un sur l'île. »

Ils se hâtèrent de regagner le rivage. Viking courait à côté d'eux, tenant toujours le bout de bois dans sa gueule.

Burt aperçut le premier la surface scintillante du lac. Il courut vers l'endroit où il avait laissé le canot. Mais celui-ci avait disparu !

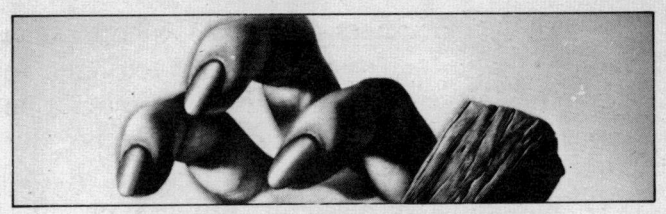

CHAPITRE 2

« C'est pourtant là que je l'avais laissé, dit Burt en arpentant le rivage d'un air décontenancé.

— Comment as-tu pu laisser filer le canot ? C'est...oh ! Il est là-bas ! » s'exclama Sammy en désignant le lac.

Burt le vit aussi. Il dérivait... loin de la rive.

« Mais pourquoi ne l'as-tu pas amarré ? insista Sammy.

— Je l'ai tiré hors de l'eau. Ça ne te suffit pas ?

— Alors c'est que quelqu'un... » Elle se tut pour jeter un regard inquiet derrière elle. Burt aussi regarda vers le bois, mais il ne vit rien. « On cherche à nous retenir sur l'île », chuchota Sammy.

Burt cligna des yeux vers le lac. L'embarcation était à une centaine de mètres.

« Je vais nager jusqu'au canot et je le ramènerai, dit-il.

— En me laissant seule ici ?

— Il est inutile d'y aller tous les deux, et puis que ferions-nous de Viking ? As-tu pensé aux piranhas ?

— Très drôle ! Et toi, as-tu pensé à celui qui a poussé le canot à l'eau ? S'il s'en prenait à moi ? C'est peut-être lui, l'assassin. Le squelette...

— Ça fait des années qu'il est là...

— Peut-être, l'interrompit Sammy, mais suppose qu'il soit revenu dans l'île pour s'assurer que personne n'avait découvert le cadavre et qu'il nous ait surpris !

— Hé là ! calme-toi.

— Je suis parfaitement calme ! rétorqua Sammy d'une voix aiguë.

— J'ai une idée. Viens. » Il entra dans l'eau avec Viking, et Sammy s'empressa de le suivre.

Quand ils eurent de l'eau jusqu'à la ceinture, Burt se tourna vers Sammy. « Bon, tu attends ici avec le chien, et moi je vais chercher le canot.

— Mais s'il y a quelqu'un sur l'île ?

— Eh bien, dans ce cas, tu me rejoins à la nage. Avec une telle avance, personne ne peut te rattraper. Attends-moi ici, je n'en aurai pas pour longtemps.

— D'accord. Fais vite. » Elle retint Viking pour l'empêcher de suivre Burt.

Il nagea plus vite qu'il ne l'avait jamais fait. L'embarcation semblait dériver rapidement vers le large, mais il s'en approchait peu à peu. Il ne sentait pas la fatigue. Le souvenir de la silhouette tapie dans l'ombre du sous-bois et leur macabre découverte avaient pour effet de déculper ses forces. A l'approche du canot, Burt se retourna et regarda en direction de Sammy. Elle lui tournait le dos, faisant face au bois, s'attendant visiblement à en voir surgir quelque monstre. Et si c'était le cas ? se demanda-t-il. Il n'aurait jamais dû la laisser seule. S'il lui arrivait quelque chose, ce serait de sa faute.

Burt couvrit les derniers mètres le séparant du canot. Il tendit la main et agrippa le bordage. Se soulevant rapidement hors de l'eau, il cria à Sammy : « Ça y est ! »

Elle se retourna vers lui. Burt lui fit un signe de sa main libre, et il allait se hisser à bord quand des doigts noueux lui enserrèrent le poignet. « Fiche le camp ! » gronda une voix caverneuse de l'intérieur du canot.

Burt dégagea son poignet en poussant un cri de terreur. Il se remit à nager frénétiquement vers l'île, loin de cette main, loin de celui qui se cachait dans le bateau et dont il n'avait entendu que l'effrayante voix. Le jeune garçon nagea de toutes ses forces, malgré ses poumons en feu et la lourdeur de ses membres. Il se mit à nager sur le dos, afin d'observer le canot.

Une silhouette voûtée, vêtue d'une salopette délavée, se dressait dans la frêle embarcation. Un chapeau à large bord masquait son visage, mais Burt sentait peser sur lui l'éclat mauvais de son regard, comme les yeux d'une monstrueuse créature tapie dans l'obscurité d'une grotte.

Il se remit à crawler et ne s'arrêta qu'en parvenant à la hauteur de Sammy. Reprenant pied, il se tourna pour regarder le canot. L'homme avait démarré le moteur, et l'embarcation s'éloignait rapidement en laissant un sillage d'écume blanche derrière elle. Stupéfaits, Burt et Sammy la suivirent du regard jusqu'à ce qu'elle disparût derrière de lointains îlots.

« Ça va ? » demanda enfin Sammy.

Burt haussa les épaules, s'efforçant de dissimuler sa peur.

« Il t'a blessé ?

— Non. Il m'a juste saisi le poignet.

— Voyons. »

Burt lui montra son bras. A part les rides dues à l'immersion prolongée, il ne présentait aucune marque. Burt en éprouva un certain soulagement.

« Ton poignet n'a rien, commenta Sammy.

— A quoi t'attendais-tu ? aboya Burt. A le voir broyé ?

— Ne sois pas bête ! Je pensais seulement...

— Je sais. Tu pensais qu'il y avait gravé sa carte de visite. » Burt se détourna. « Allons nous mettre au sec, dit-il. Viking est trempé jusqu'aux os. »

Ils sortirent de l'eau. Le chien s'ébroua furieusement, aspergeant de fines gouttelettes les deux jeunes gens.

Ils trouvèrent un coin d'herbe et s'assirent au soleil.

« Nous savons au moins qu'il est parti, dit Sammy.

— Oui, avec notre bateau.

— Comment allons-nous rentrer à la maison ?

— Papa finira bien par venir nous chercher.

— Tu ne te rappelles donc pas qu'il a emmené maman en ville ? »

Burt poussa un grognement de dépit. Il avait oublié que ses parents étaient partis faire des courses. La ville la plus proche était à une bonne heure de route de leur bungalow.

« Nous allons rester coincés ici pendant des heures », dit Sammy d'une voix tremblante.

Burt était conscient de l'inquiétude grandissante de sa sœur.

« Viens, faisons le tour de l'île, proposa-t-il. Nous trouverons peut-être un pêcheur, et nous lui demanderons de nous ramener.

— Tu as raison, ça vaut la peine d'essayer », dit Sammy, reprenant espoir.

Ils se mirent à suivre le rivage et eurent tôt fait d'atteindre la pointe nord de l'île. Juché sur le tronc d'un arbre mort, Burt scruta le lac. Il aperçut trois embarcations, mais elles étaient toutes trop loin. L'une d'elles, pensa-t-il, pouvait très bien être leur propre canot.

Et si l'homme revenait ? A cette pensée, Burt fut pris d'un violent frisson. Il descendit de son perchoir et, en compagnie de Sammy et de Viking, il poursuivit le tour de l'îlot sans apercevoir la moindre barque pour les ramener chez eux.

« Et maintenant ? demanda Sammy.

— Il n'y a qu'à attendre », répondit Burt lugubrement.

L'après-midi passa lentement. La chaleur était suffocante. Ils prirent un bain pour se rafraîchir, sans pour autant cesser de jeter des regards inquiets autour d'eux.

La chaleur et l'exercice les avaient fatigués, et ils décidèrent de se reposer à l'ombre d'un arbre et de tuer le temps en bavardant.

Sammy ne tarda pas à donner des signes de sommeil.

« Je n'arrive plus à garder les yeux ouverts, dit-elle à la fin en bâillant.

— Dors, je continuerai de veiller », l'invita Burt.

Sammy se lova confortablement, la tête posée sur son bras replié. Elle s'endormit presque aussitôt. Viking se coucha à côté d'elle.

Burt s'allongea sur le dos, la tête calée contre le tronc de l'arbre, de façon à observer le lac. Les reflets du soleil sur l'eau étaient aveuglants, et il réduisit ses paupières à deux minces fentes tout juste suffisantes pour lui permettre de distinguer un mouvement sur le lac.

Quelque part dans l'arbre, une cigale commença de chanter. Le son lancinant finit par lui engourdir l'esprit. Dans un état proche de l'hypnose, des images se projetèrent sur l'éclatante lumière argentée des eaux : un squelette se levait de sa tombe de feuilles pour les attaquer, une silhouette fantomatique se dressait dans leur canot avec un rire diabolique.

Sa vision se troubla pendant un instant, et Burt ferma les yeux pour les reposer. Avait-il vu quelque chose juste avant de fermer les paupières ? Il n'en était pas sûr. Un bourdonnement grandissant se mêlait au chant de la cigale. Et il y avait effectivement quelque chose qui se rapprochait.

Ce bruit, mais c'était celui d'un moteur. Ce devait être une embarcation !

Burt était encore quelque peu étourdi. Clignant des yeux, il aperçut enfin la barque qui approchait. Elle ne se dirigeait pas exactement vers eux, mais si elle ne changeait pas de direction, elle allait passer entre leur îlot et celui situé plus au sud. Un homme coiffé d'une casquette de pêcheur était assis à l'arrière.

« Sammy ! appela Burt. Réveille-toi ! Il y a un pêcheur ! Faisons-lui signe, avant qu'il ne s'éloigne ! » Il s'élança vers le rivage, Viking sur ses talons.

« Regarde ! s'écria Sammy en le rattrapant.

— Ça alors ! marmonna Burt. Il remorque un canot. C'est peut-être le nôtre. »

Tous deux se mirent à crier et à faire de grands signes. Viking, gagné par l'excitation de ses maîtres, joignit ses aboiements à leurs appels. Ils continuèrent ainsi jusqu'à ce que le canot à moteur détourne sa course pour se diriger vers eux. L'homme agita sa casquette. Il portait une chemise rouge et des bretelles vertes.

Quand l'embarcation approcha du rivage, il réduisit sa vitesse et mit au point mort.

« Vous avez des ennuis ? » cria-t-il. C'était un homme d'âge moyen, avec des cheveux grisonnants et une épaisse moustache.

« On nous a volé notre canot ! lui répondit Burt. Celui-là même que vous avez en remorque !

— Il est à vous ?

— C'est celui des Marlowe. Nous avons loué leur bungalow pour les vacances.

— Comment vous appelez-vous ?

— Elliot.

— Dans ce cas, c'est bien le vôtre. » Comme la coque de l'embarcation touchait le fond rocheux, l'homme sauta dans l'eau et souleva le bras de l'hélice. Puis il gagna la terre ferme en tenant dans sa main le filin d'amarrage.

« Je l'ai trouvé qui dérivait vers le nord, dit-il. Je savais que c'était celui des Marlowe. Je l'ai reconnu à sa peinture.

— Est-ce qu'il était... vide ? demanda Sammy.

— Je n'ai vu personne à bord. Vous êtes sûr qu'on vous l'a volé ? Il ne se serait pas détaché, par hasard ?

— Non, répondit Burt. Quelqu'un l'a pris. Nous l'avons vu. »

L'homme lissa sa moustache grise. « Eh bien, le voilà de retour. Le mieux est de ne plus y penser.

— Il y a aussi un cadavre, intervint Sammy.

— un *cadavre* ? répéta l'homme avec stupeur.

— Enfin un squelette. Là-bas », dit Sammy en désignant le bois.

L'homme rit, mais son rire était un peu forcé. « Oh ! Il n'y a pas à s'inquiéter pour lui. Ce n'est que ce vieux Bogus Deeks. Il était propriétaire de cet îlot. Il est mort il y a dix ans.

— Il n'y avait donc personne pour l'enterrer ? demanda Burt, choqué.

— Non. Le vieux Bogus ne voulait pas de tombe. Il ne voulait que le ciel au-dessus de lui. » L'homme plissa soudain ses yeux bleus. « Vous ne l'avez pas... dérangé, par hasard ? demanda-t-il.

— Bien sûr que non ! se récria Sammy.

— Il ne faut pas troubler les morts, reprit le pêcheur.

— Non, nous ne l'avons pas touché », dit Burt, sans pouvoir s'empêcher de rougir. Il ne mentait pas en disant cela, car *eux* ne l'avaient pas touché, mais Viking, oui. Il avait même causé quelques dégâts, côté cage thoracique.

« Très bien, dit l'homme. Vous allez pouvoir rentrer avec votre canot, maintenant. Mais écoutez mon conseil : ne revenez plus dans cette île.

— C'est bien notre intention, dit Burt.

— Elles ne sont pas sûres, vous comprenez, continua l'homme, comme s'il cherchait à les convaincre. Vous risqueriez fort de ne jamais en revenir. Contentez-vous de pêcher, de nager et de faire du bateau autour, mais n'y abordez pas.

— Nous suivrons vos conseils », acquiesça Burt.

Sans rien ajouter, l'homme remonta dans sa barque. Burt s'avança dans l'eau et maintint leur propre canot, pendant que Sammy se hissait à bord en compagnie de Viking, qui agitait joyeusement la queue. Avant d'écarter l'embarcation du rivage, Burt se tourna vers l'homme qui observait le bois. « Et encore merci de nous avoir amené notre bateau », dit-il.

L'homme tourna vers Burt ses étranges yeux bleus. « Avez-vous touché au squelette ?

— Non, je vous ai déjà dit que...

— Jurez-le !

— Me prenez-vous pour un menteur ?

— Si vous l'avez touché, Bogus se relèvera et vous cherchera pour se venger.

21

— Oui, bien sûr », dit Burt. L'homme était apparemment un peu fou. Le garçon poussa le canot et sauta à bord. Il jeta un regard derrière lui et rencontra le regard fiévreux du pêcheur.

« Bogus vous trouvera, où que vous soyez ! cria l'homme. Même si vous vous cachez sous votre lit, il vous trouvera, et alors... »

Le bruit du moteur couvrit sa voix. Burt regarda d'un air perplexe Sammy qui faisant pivoter son index sur sa tempe, lui indiquait qu'il était « cinglé ». Elle mit les gaz, et ils s'éloignèrent de l'île.

L'homme, dans sa barque, n'avait pas bougé. Il contemplait d'un regard fixe le petit bois.

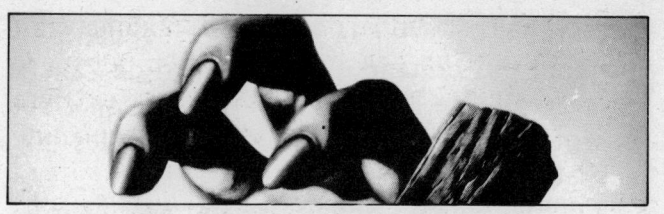

CHAPITRE 3

« Bogus Deeks ? répéta le lieutenant Shaw.

— Oui, c'est bien le nom qu'il a prononcé », répondit Burt au policier.

Le jeune officier secoua la tête. « Je suis né dans ce pays, et à ma connaissance, il n'y a personne du nom de Bogus Deeks.

— J'ai trouvé toute cette histoire plutôt bizarre, dit le père de Burt. Aussi quand mes enfants m'ont raconté leur aventure, j'ai jugé préférable d'alerter la police. Le squelette, ce pêcheur qui prétend que c'est celui de l'ancien propriétaire de l'îlot, sans parler du canot volé et retrouvé, tout cela m'a semblé des plus suspects. »

Le lieutenant Shaw fronça les sourcils. « Vous avez eu raison de m'appeler, monsieur Elliot. Je vais aller faire un tour jusqu'à cette île. Cela ne vous ennuie pas que j'emprunte votre canot ?

« Pas du tout, mais vous feriez mieux d'attendre demain, car il ne va pas tarder à faire nuit.

— A quoi bon attendre ? S'il y a dans cette île des ossements humains, c'est qu'il y a peut-être eu meurtre.

— Voulez-vous que je vous accompagne ? » proposa Burt, tout en espérant que le policier refuserait. Il n'avait pas particulièrement envie de retourner là-bas, surtout la nuit. « Je pourrais vous indiquer l'endroit où nous avons trouvé les ossements.

— C'est moi qui devrais y aller, intervint Sammy. Voyez-vous, c'est moi qui ai découvert le squelette. »

L'officier de police se tourna vers leur père. « Leur présence me serait utile, monsieur Elliot. Je risque de perdre pas mal de temps avant de retrouver l'emplacement exact.

— Vous voulez y aller tous les deux ? » demanda M. Elliot à ses enfants.

Sammy hocha vigoureusement la tête en souriant au jeune policier.

« Oui, pourquoi pas ? » répondit Burt avec moins d'enthousiasme que sa sœur.

Ils sortirent du bungalow et descendirent la pente boisée menant à l'appontement. Le soir tombait. Le lac était silencieux à l'exception du bruit lointain d'un canot automobile et du pépiement des oiseaux dans les frondaisons.

En chemin, Burt écouta le doux clapotement de l'eau contre les pilotis. Non loin, un poisson moucha, ridant la surface en une succession de cercles qui s'agrandirent, puis se dissipèrent.

« Comme c'est beau et paisible ! » dit tout bas Sammy.

L'officier de police approuva d'un signe de tête. « Oui, la nuit sera belle.

— Et c'est la pleine lune ! » Elle désigna l'astre pâle qui émergeait derrière la crête lointaine des arbres, partiellement voilé d'une bande nuageuse.

Burt monta dans le canot et le maintint contre le ponton pendant que Sammy et le policier prenaient place à leur tour. Puis il démarra le moteur.

« C'est vrai ce qu'on dit de l'influence de la pleine lune ? » demanda Sammy. Assise à l'avant, les coudes sur les genoux, elle contemplait le lieutenant Shaw.

« Il est exact que certaines personnes ont des comportements étranges ces nuits-là. Nous enregistrons davantage de plaintes pour désordres divers et agressions...

— De loups-garous ? » plaisanta Burt, s'efforçant d'alléger la tension qu'il était apparemment le seul à ressentir.

Shaw regarda autour de lui en riant. « Ma foi, je n'en ai encore jamais rencontré, dit-il, mais la pleine lune peut en effet perturber certains sujets, ainsi que les statistiques semblent le démontrer. »

Burt écarta le canot de l'appontement et donna des gaz. L'embarcation prit rapidement de la vitesse sur les eaux calmes du lac. Le bruit du moteur noyait les voix de Sammy et de l'officier de police, mais Burt voyait bien les efforts de sa sœur pour captiver l'attention du jeune lieutenant. Je comprends pourquoi elle était si enthousiaste à l'idée de venir, songeat-il. Elle a le béguin pour l'officier Shaw. Sammy n'avait jamais manifesté beaucoup d'intérêt pour les garçons de son âge, mais elle était déjà tombée amoureuse de son professeur d'anglais et de son professeur de gymnastique. C'était le tour du lieutenant. Le pauvre ! pensa

Burt. S'il savait à quel point Sammy pouvait être enquiquinante parfois !

A quelques mètres de la petite île, Burt coupa le moteur, et le canot glissa silencieusement jusqu'au rivage. Sammy sauta à terre, suivie du lieutenant Shaw et de Burt. Ensemble, ils tirèrent au sec l'embarcation.

« Bon sang ! Qu'est-ce qu'il fait noir ! marmonna Sammy, qui semblait avoir soudain perdu son enthousiasme.

— C'est juste là, dit Burt à l'officier, que j'ai aperçu une silhouette s'enfuyant dans le bois.

— Probablement le type qui vous a "emprunté" votre canot.

— Oui je le pense aussi, acquiesça Burt.

— L'avez-vous vu distinctememt pour pouvoir le reconnaître ?

— Non, il était dans l'ombre, et j'ai d'abord cru que c'était Sammy.

— J'étais là-bas », expliqua cette dernière en désignant la direction opposée. Ils se dirigèrent vers la petite clairière. « J'espère qu'on ne va pas marcher sur le squelette, reprit Sammy. Je n'en crois pas un mot, bien sûr, mais le pêcheur nous a affirmé que ce fameux Bogus Deeks chercherait à se venger de ceux qui le réveilleraient.

— Les gens racontent n'importe quoi », dit

Shaw. Il alluma sa torche électrique et promena le faisceau devant lui.

« C'est par là, indiqua Sammy. J'ai lancé un bout de bois à Viking, et c'est comme ça que je suis tombée dessus. »

Ils avançaient lentement à cause de l'obscurité. Le sol pâlissait sous le faisceau de la lampe et le sous-bois n'en était que plus sombre, à tel point, pensa Burt, que quelqu'un aurait pu se tapir là, tout près, si près qu'il n'aurait eu qu'à tendre sa main osseuse pour les...

Un cri poussé par Sammy interrompit brusquement le cours morbide de ses pensées. Il vit Sammy gesticuler frénétiquement, tandis que Shaw faisait décrire dans la nuit d'étranges arabesques lumineuses à sa torche pour repousser la grande forme qui tournoyait au-dessus de Sammy.

Avant que Burt n'eût le temps de leur venir en aide, la chose s'était enfuie. Sammy alla se blottir contre le lieutenant.

« Qu'est-ce que c'était ? demanda-t-elle d'une voix étouffée.

— Une grande chauve-souris, je suppose. Ça va ? Vous n'êtes pas blessée ?

— Non, je ne pense pas, répondit Sammy d'une voix tremblante. Mais j'ai été tellement surprise. »

A la lueur de la lampe, Shaw examina le crâne et le visage de Sammy.

« Je ne vois pas de sang, dit-il. Je ne crois pas qu'elle ait eu le temps de vous mordre ou de vous griffer. C'est étrange... les chauves-souris n'attaquent jamais l'homme.

— Ça va mieux maintenant, dit d'une voix faible Sammy.

— Alors on continue ?

— On continue. »

Ils reprirent leur marche silencieuse à travers le bois et atteignirent bientôt la clairière où ils avaient découvert le squelette.

« Voilà, c'est ici. J'en suis sûre, dit Sammy.

— Moi aussi », ajouta Burt.

Ils se mirent à arpenter la clairière en balayant le sol du faisceau de la torche. Mais ils eurent beau chercher et chercher encore, ils ne trouvèrent rien.

« Mais où est donc passé ce squelette ? s'écria Sammy. C'est incroyable, ça !

— Je me rendrai demain au nord du lac, dit Shaw tandis qu'ils regagnaient le rivage. Un certain Jeb Wallace vit dans ce coin. C'est sans doute lui qui vous a rapporté le canot, si j'en juge d'après votre description. Il pourra peut-être me fournir une explication sur ce squelette fantôme.

— Mais comment a-t-il pu disparaître ? demanda Sammy.

— Nous nous sommes peut-être trompés d'île, suggéra Shaw.

— Non, dit Burt. C'est bien la même île.

— Puis-je vous emprunter votre torche un instant, monsieur Shaw ? demanda Sammy. Je peux peut-être prouver que nous sommes sur la bonne île. »

L'officier tendit sa lampe à Sammy, et cette dernière se mit à chercher le long du rivage en éclairant le sol caillouteux devant elle. « Le voilà ! » cria-t-elle soudain en se baissant pour ramasser quelque chose. Elle revint rapidement vers Burt et le lieutenant. « Vous voyez ? C'est le bout de bois avec lequel Viking jouait. » Elle éclaira l'objet. « Il porte les marques de ses dents. »

Shaw examina attentivement le bout de bois.

« Cela ressemble fort à un piquet de tente, fit-il remarquer. Un campeur l'aura oublié.

— Oui, mais cela prouve que nous ne nous sommes pas trompés d'île.

— Je vous l'accorde », dit le policier en jetant le piquet.

Ils poussèrent le canot à l'eau et remontèrent à bord. Burt lança le moteur et ils repartirent sur les eaux sombres. A présent les nuages masquaient la lune, plongeant le lac dans l'obscurité. Burt, soulagé de quitter l'île, poussa un grand soupir. Il appréciait la fraîcheur de la brise sur son visage.

Le garçon s'interrogea sur la disparition du squelette. Il était certain qu'ils avaient cherché au bon endroit. Le squelette n'avait tout de même pas disparu tout seul. Peut-être Jeb Wallace l'avait-il emporté ? Ou peut-être leur étrange voleur était-il revenu dans l'île pour l'enlever ? Mais dans quel but ? Pour que la police ne pût procéder à un examen ? Burt savait, pour avoir vu tant de films policiers à la télévision, que l'on pouvait parfois identifier une personne par son squelette. Et une fois la victime découverte, les policiers avaient alors de meilleures chances de retrouver son assassin.

Mais s'il ne s'agissait pas d'un meurtre, se dit Burt, pourquoi faire disparaître ce squelette ?

« Attention ! » cria soudain Shaw.

Scrutant l'obscurité, Burt distingua une forme basse et brillante devant eux. Il donna un brusque coup de barre, et le canot vira brutalement, mais pas suffisamment pour éviter l'objet flottant. Burt vit que c'était un canoë en aluminium. Celui-ci chavira. Burt l'avait cru vide, mais il se trompait. Comme la légère embarcation se couchait sur le côté, deux corps tombèrent à l'eau. Il enclencha aussitôt la marche arrière et fit reculer le canot jusqu'au canoë retourné.

Les deux corps flottaient dans l'eau, soutenus par des gilets de sauvetage. En dehors du mouvement causé par le clapotis, ils ne bougeaient pas.

« Est-ce... est-ce qu'ils sont morts ? » bredouilla Sammy.

Shaw se pencha par-dessus le bordage, saisit la main de l'homme, et le tira vers le canot.

Burt contempla d'un regard horrifié le visage pâle, la bouche béante, les yeux vitreux. On aurait dit un mannequin, et non un corps humain. Mais le sang qui coulait d'une blessure au cou était, lui, horriblement *vrai*.

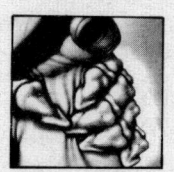

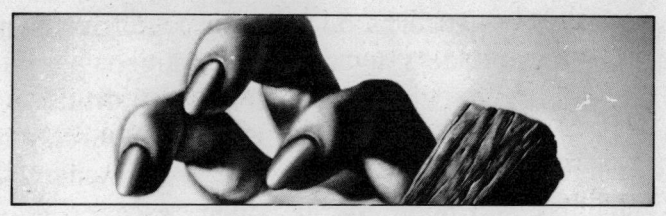

CHAPITRE 4

Horrifiés, Burt et Sammy maintinrent en tremblant le canoë le long du canot, pendant que Shaw hissait le cadavre à bord. Pendant ce temps, l'autre corps avait dérivé au loin. Shaw dégrafa son holster, enleva sa chemise et ses chaussures et plongea dans l'eau.

Burt arrima le canoë en poupe, en prenant soin d'éviter de regarder le mort.

« Elle est encore en vie ! » cria Shaw en

atteignant le corps de la jeune fille. La tirant par le gilet de sauvetage, il la ramena vers le canot. « Burt, aidez-moi à la hisser », dit-il.

Burt l'installa dans le fond de l'embarcation, pendant que Sammy aidait le lieutenant à monter. La main de la jeune rescapée était froide, mais, quoique faiblement, son pouls battait encore. Les nuages s'écartèrent, à la lueur de la lune, Burt distingua un visage d'une grande beauté encadré par une masse de cheveux sombres.

Shaw tapota la joue de la jeune fille, et celle-ci rouvrit lentement les yeux. Pendant un moment elle les contempla d'un regard fixe. Puis elle se mit à se débattre furieusement en hurlant : « Chassez-le ! Où est-il ? Papa ! Papa !

— Calmez-vous... calmez-vous », dit doucement Shaw.

Elle continua néanmoins de se débattre, essayant d'échapper à ces deux mains qui l'immobilisaient. Burt lâcha prise, et la jeune fille gesticula nerveusement en criant : « Ne le laissez pas approcher ! Ne le laissez pas ! »

Burt réussit à l'immobiliser de nouveau en lui tenant fermement les bras.

« Je vous en prie, haleta la jeune fille, ne le laissez pas approcher.

— Qui ça ? demanda Shaw.

— Le vampire ! Le vampire ! » Elle promena autour d'elle un regard effrayé.

Burt leva la tête mais ne vit rien d'autre que les nuages qui passaient devant la lune. Quand il baissa de nouveau les yeux vers la jeune fille, elle s'était évanouie.

« Elle a perdu connaissance, dit sombrement le lieutenant. Mais c'est tout aussi bien ainsi, je suppose. Le choc sera dur quand elle apprendra la mort de son père. »

Sammy, assise à l'avant, secoua lentement la tête.

« C'est une grande chauve-souris qui les a attaqués, dit-elle en s'efforçant de maîtriser le tremblement de sa voix.

— Oui, ça m'en a tout l'air », dit Shaw. Il braqua le faisceau de sa torche sur la jeune fille. Tandis que le jeune policier l'examinait pour voir si elle était blessée, Burt pensa qu'il n'avait jamais vu de fille aussi belle. Il ne pouvait détacher son regard de ce visage aux traits fins, de cette épaisse chevelure ruisselante d'eau, de ce corps admirable.

« Une chauve-souris, continua Sammy, comme si elle parlait toute seule. La même chauve-souris...

— Quoi ? demanda Shaw.

— Ils ont été victimes de la même chauve-souris qui m'a attaquée dans l'île.

— Ce n'est pas certain, dit le lieutenant. Ces bestioles sont nombreuses par ici. Toutefois, je n'ai jamais entendu dire qu'elles avaient attaqué quelqu'un. C'est très étrange. » Burt le regardai promener ses doigts sur le crâne de la jeune fille. « Pas de coupure, pas de sang, conclut Shaw. A part le choc, elle est indemne. »

Burt remit le moteur en marche. Tandis qu'il dirigeait le canot vers le lointain appontement, il observa la jeune fille qui gisait immobile dans le fond du canot. Il éprouvait une grande tristesse, à la fois pour elle et pour son père, qui était mort, mais aussi pour lui-même. Il ne la reverrait certainement jamais plus après cette nuit. Et même s'il la revoyait, elle serait probablement encore trop bouleversée pour lui prêter la moindre attention. Par ailleurs, elle vivait certainement dans la région et dans une semaine, Burt retournerait avec sa famille à Evanston, dans l'Illinois, à plus de quatre cents kilomètres de là. Après cela, il n'entendrait sûrement plus jamais parler d'elle.

Il eut soudain honte de son égoïsme, alors que le père de cette pauvre fille...

Burt jeta un coup d'œil sur le canoë qui ballotait dans leur sillage. Il aurait voulu aider la jeune beauté. « Rassurez-vous, lui dirait-il. Je veillerai sur vous, je vous le promets. » Il la prendrait dans ses bras, et elle pleurerait contre sa poitrine. Elle lèverait vers lui des yeux emplis de larmes. Leurs lèvres se rencontreraient...

Bien entendu, jamais les choses ne se passeraient ainsi, se dit Burt en poussant un grand soupir.

« Que vous est-il arrivé ? » demanda une voix inquiète au-dessus de lui.

Burt sursauta. Emporté par sa rêverie, il n'avait pas remarqué qu'ils étaient arrivés à l'appontement, où son père et sa mère les attendaient avec inquiétude.

Burt coupa le moteur et laissa le canot glisser jusqu'au point d'amarrage. Puis, se penchant en arrière, il empêcha l'avant du canoë de venir les heurter. Son regard tomba sur le corps qui gisait comme dans un cercueil au fond de l'étroite embarcation, et il détourna vivement les yeux.

La jeune fille était encore inconsciente, et M. et Mme Elliot accoururent auprès d'eux.

« Mon Dieu ! Que s'est-il passé ? s'écria Mme Elliot.

— Elle n'est qu'évanouie, lui dit le lieutenant Shaw. Elle n'est pas blessée, mais le corps de son père est dans le canoë.

— Oh non ! murmura Mme Elliot, consternée. Quel malheur ! Il s'est noyé ?

— Voulez-vous amarrer le canoë, monsieur

37

Elliot ? demanda Shaw, sans répondre à la question de Mme Elliot.

— Oui, bien sûr », répondit ce dernier en se penchant pour amarrer le canoë avec le filin que lui tendait Burt.

Shaw et Burt sortirent la jeune fille du canot. Le lieutenant souleva le corps inanimé dans ses bras et se hâta de remonter la pente boisée jusqu'au bungalow. Burt lui emboîta le pas, et Sammy les devança en courant pour leur ouvrir la porte d'entrée. Le lieutenant manqua de trébucher sur Viking, toujours dans les jambes des gens. Burt prit le chien par le collier et l'enferma dans la chambre de sa sœur.

Shaw étendit la jeune fille sur le divan du salon. « Où est le téléphone ? demanda-t-il.

— Nous n'en avons pas, répondit Burt.

— Il y en a un chez les Barker, expliqua Sammy. Venez, je vais vous y conduire.

— Ne vous dérangez pas, j'ai une radio dans ma voiture.

— Je vous accompagne, dit Sammy.

— D'accord. Burt, restez ici, et surveillez la fille, au cas où elle reviendrait à elle.

— Comptez sur moi. »

Ils partirent, accompagnés de M. et Mme Elliot, et Burt s'installa dans un fauteuil à côté du divan. Comme il regardait la jeune fille, elle remua les lèvres et gémit doucement. Elle tourna la tête sur le côté, les yeux toujours fermés. Soudain elle sursauta et agita les bras. « Non ! » cria-t-elle en se redressant les yeux grands ouverts. La jeune fille regarda devant elle avec stupeur, puis se laissa retomber sur le dos, comme si elle venait de comprendre qu'elle avait fait un cauchemar. Elle tourna la tête vers Burt. Le cœur du garçon se serra à la vue de la profonde tristesse qui se lisait sur son visage.

« Nous... nous avons heurté votre canoë, lui dit-il.

— Je sais, dit-elle d'une voix tremblante. Je me rappelle maintenant. » Elle tourna les yeux vers le plafond, et une larme coula sur sa joue. « Cette chauve-souris... ce vampire a tué mon père, murmura la jeune fille.

« Nous faisions du canoë, reprit-elle. C'était une si belle soirée. Et puis, soudain, cette chauve-souris géante a surgi de la nuit et s'est abattue sur la tête de papa. Il semblait paralysé, et ce monstre enfonçait ses crocs dans sa gorge... J'ai essayé de toutes mes forces de l'écarter, mais elle ne lâchait pas prise ! Alors, je l'ai frappée avec ma pagaie, et elle s'est retournée contre moi. Elle était monstrueuse et répandait une odeur épouvantable ! J'ai sauté à l'eau... je pense que c'est cela qui m'a sauvée.

Je suis restée aussi longtemps que possible sous l'eau. La bête m'attaquait à chaque fois que je refaisais surface pour prendre de l'air, mais j'ai tenu bon jusqu'à ce qu'elle abandonne. Ensuite je suis remontée dans le canoë, et papa... » Elle éclata en sanglots en se couvrant le visage de ses mains.

« C'est horrible », dit Burt d'une voix sans timbre.

Elle continuait de pleurer, et le garçon ne savait que lui dire pour la consoler. « Où est votre mère ? » finit-il par articuler d'une voix hésitante.

La jeune fille secoua la tête. « Je l'ignore. Elle nous a quittés, papa et moi, alors que j'étais encore une enfant.

— Avez-vous des frères, des sœurs ?

— Non, je n'ai plus personne, maintenant que papa est mort. Personne.

— Je... j'aimerais... voulez-vous boire quelque chose ? demanda Burt, le cœur chaviré par tant de misère. Un soda, un coca ?

— J'aimerais pouvoir me sécher. Une serviette... » dit-elle timidement, et Burt réalisa qu'elle était encore toute mouillée et qu'elle frissonnait de froid.

« Bien sûr. » Il courut chercher une épaisse serviette dans un placard de la salle de bain. A son retour, la jeune fille était assise sur le divan. Elle essaya de sourire quand il lui tendit la serviette, mais son menton tremblait. Elle s'essuya les yeux, puis entreprit de se sécher les cheveux. Burt se tenait devant elle, fasciné par sa beauté.

« Heureusement que vous m'avez retrouvée, dit-elle. Je ne sais pas ce que j'aurais fait.

— Ma foi, c'est un hasard, dit Burt avec un haussement d'épaules.

— Comment vous appelez-vous ? demanda-t-elle.

— Burt, répondit-il avec un grand sourire.

— Moi, c'est Lisa.

— C'est un beau prénom, dit-il en rougissant.

— Vous n'étiez pas seul, n'est-ce-pas ? demanda-t-elle. Je crois me rappeler qu'il y avait deux autres personnes avec vous.

— Oui, ma sœur Sammy, et le lieutenant Shaw, un policier.

— Un policier ?

— Oui, nous revenions de l'île de Trait, où il s'est passé une chose étrange.

— Vraiment ? dit-elle, une lueur d'intérêt dans les yeux. Racontez-moi.

— Eh bien...

— Vous pouvez vous asseoir », suggéra-t-elle.

Burt hocha la tête et il allait prendre place dans le fauteuil quand Lisa lui prit la main. « Non, ici », dit-elle en lui indiquant le divan. Les jambes soudain faibles, Burt se laissa choir à côté de la jeune fille. Elle lui tenait toujours la main, la serrant fortement dans la sienne. Burt se demanda s'il ne rêvait pas.

« Vous avez visité l'une des îles ? » demanda Lisa.

Il acquiesça d'un signe de tête. « Ma sœur et moi, nous y avons découvert des ossements humains, cet après-midi. Et ce soir nous y sommes retournés en compagnie d'un policier. » Burt avait la bouche sèche. Assis près de Lisa, leurs mains réunies, il se sentait nerveux. Il avait perdu le fil de son récit. Il se tut subitement et la regarda dans les yeux... de beaux yeux bleus, doux et tristes.

Il déglutit péniblement. « Oui... je disais donc que le lieutenant Shaw est venu avec nous pour voir ce squelette, mais aussi étrange que cela puisse paraître, celui-ci avait disparu. C'est en revenant que nous avons heurté votre canoë, et que nous vous avons trouvés, vous et... votre père. »

A cette évocation, Lisa eut une grimace de douleur. Ses yeux s'emplirent de nouveau de larmes.

« Oh, Burt ! dit-elle dans un sanglot en se blottissant contre lui.

— Ne pleurez pas, murmura-t-il. Je vous en prie, ne pleurez pas. »

Il ferma les yeux, ébloui. Lisa était dans ses bras, exactement comme il l'avait imaginé ! C'était incroyable. Burt se demanda s'il ne rêvait pas. Mais non, la jeune fille était bel et bien là, contre lui, et il pouvait sentir ses cheveux contre son visage, et ses bras autour de son cou.

« Ne pleurez pas, Lisa. Tout ira bien. Je veillerai sur vous », déclara-t-il avec le sentiment de répéter ces mêmes paroles qu'il avait imaginé lui dire quelques instants plus tôt.

Il y eut soudain un bruit de pas dehors. Son premier réflexe fut de s'écarter de la jeune fille. Mais, je ne fais rien de mal, se dit-il. Je la réconforte. Personne ne saurait me le reprocher. Burt continua de la tenir contre lui. Il aurait voulu que ce moment dure toujours.

La porte d'entrée s'ouvrit. Lisa poussa un grand soupir, comme si elle était contrariée. Elle s'écarta lentement de Burt. Leurs regards se rencontrèrent, et Burt sentit son cœur se serrer à la vue de ce visage si beau et si triste.

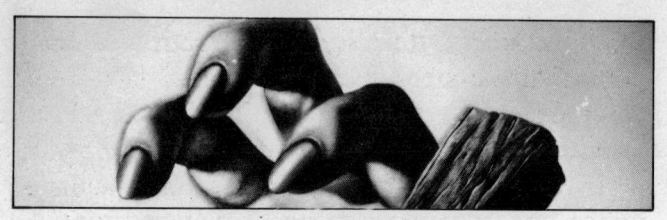

CHAPITRE 5

Burt avait du mal à s'endormir. Il s'agitait sur le divan aux ressorts fatigués. Mais, même dans un lit moelleux, il n'aurait pas davantage trouvé le sommeil tant il avait l'esprit troublé.

Il pensait à Lisa, qui dormait dans sa propre chambre, à la situation désespérée de la jeune fille, avec un père décédé dans d'horribles circonstances et une mère qui l'avait abandonnée depuis longtemps. Elle n'avait plus personne pour veiller sur elle. Peut-être Burt pourrait-il persuader ses parents de la prendre en charge.

Le lieutenant Shaw devait revenir le lendemain matin pour emmener Lisa au poste de police, où il enregistrerait sa déposition et soumettrait son cas à une assistante sociale. Lisa serait probablement placée dans un foyer d'adoption, sous la garde de personnes étrangères.

Et s'il ne la revoyait plus jamais ? Quelle perspective cruelle ! Rien que d'y penser, Burt avait l'impression qu'une main de fer lui serrait le cœur. Il ne pouvait laisser faire ça. Si on la plaçait dans un foyer, il l'aiderait à s'enfuir. « Je vais te sortir de là, lui dirait-il. Et nous partirons si loin qu'ils ne pourront jamais nous retrouver. » Elle lèverait vers lui des yeux pleins d'espoir, et il la prendrait dans ses bras. Il se rappela le contact de ses cheveux sur sa joue, leur senteur fraîche comme une soirée de printemps, quand l'air embaume le parfum des premières fleurs...

Burt glissa doucement de sa rêverie dans le sommeil.

Un bruit de pas le réveilla. Il ouvrit les yeux. Le salon était baigné de soleil. Son père, en robe de chambre, le considérait d'un air soucieux.

« Tu as pu dormir ? lui demanda-t-il.

— Euh... oui, répondit Burt. Papa, est-ce que je peux te parler une minute ?

— Bien sûr. » M. Elliot s'assit dans le fauteuil et regarda son fils. « Qu'est-ce qui te préoccupe ?

— Lisa. »

M. Elliot hocha la tête d'un air compréhensif. « Tu es tombé amoureux d'elle, n'est-ce pas ?

— Oui, je crois, dit Burt, sans pouvoir s'empêcher de rougir.

— Ma foi, elle n'a que seize ans. Au regard de la loi, elle ne sera majeure que dans deux ans.

— Est-ce que cela veut dire qu'ils la placeront dans un foyer d'adoption ?

— S'ils ne lui trouvent aucun parent, je suppose que oui. Elle a cependant une mère. La police essaiera de la retrouver, et Lisa sera alors sous la responsabilité de cette dernière.

— Mais sa mère ne veut pas d'elle !

— Ça, Burt, nous n'en savons rien.

— Mais enfin, elle a quitté le domicile conjugal, alors que Lisa n'était qu'une enfant.

— Les gens agissent de façon bien étrange, parfois, et pour toutes sortes de raisons. Il est possible que sa mère ait maintenant envie de reprendre sa fille.

— Et si ce n'est pas le cas ? »

Son père se frotta pensivement le menton.
« Elle a peut-être une tante ou un oncle, voir
même des grands-parents.

— Et s'il n'y a personne ?

— Alors, ce sera le foyer d'adoption.

— Ne pourrions-nous pas la prendre avec
nous ? »

Son père fronça les sourcils et se frotta de
nouveau le menton. « Ne nous emballons pas,
veux-tu ? Attendons de voir comment la situation va évoluer. Et puis, s'il s'avère que Lisa
est seule au monde, alors nous réfléchirons
sérieusement à la question. »

Burt eut un grand sourire joyeux. « D'accord !

— Pas d'autre question ?

— Non, je ne crois pas, répondit Burt avec
un haussement d'épaules.

— Eh bien, je vais prendre mon café. »
M. Elliot se leva et se dirigea vers la cuisine.

Burt resta étendu pendant un moment sur le
divan, écoutant les bruits de la maison qui se
réveillait. Le bruit métallique d'une casserole
qu'on posait sur le feu, celui d'un robinet qu'on
ouvrait, le grincement d'une latte du plancher.
Une odeur de café lui parvint bientôt, et Burt
se leva pour aller dans la salle de bain. Il
s'habilla et gagna à son tour la cuisine qui
sentait bon le bacon frit. Sa mère était aux

fourneaux, retournant dans la poêle les minces tranches grésillantes.

« Comment te sens-tu ? lui demanda-t-elle.

— Bien.

— Le divan n'était pas trop inconfortable ?

— Cela aurait pu être pire.

— C'était très généreux de ta part de céder ton lit à cette pauvre enfant. Elle avait besoin d'une bonne nuit de sommeil après tout ce qu'elle a subi. » Elle réduisit le feu sous la poêle. « Attaqués par une chauve-souris ! s'écria-t-elle. Je n'ai jamais rien entendu de pareil dans ma vie !

— Cela peut se produire, fit remarquer M. Elliot.

— Peut-être, mais seulement quand ces bêtes ont la rage, répliqua Mme Elliot. Les chauves-souris sont répugnantes, mais elles n'ont jamais attaqué personne, hormis l'espèce des vampires qui saignent parfois les animaux endormis.

— Oui, tu as raison, approuva son mari, et je ne serais pas surpris d'apprendre que le père de Lisa est mort d'une crise cardiaque consécutive à l'attaque de cette bête. Toutefois, il y a cette blessure au cou...

— Oui, mais on ne me fera pas croire qu'une chauve-souris puisse tuer quelqu'un de cette façon, dit Mme Elliot. Cela n'arrive que dans les films d'épouvante. » Elle versa les tranches de bacon dans un plat. « Le petit déjeuner sera prêt dans une minute. Burt, veux-tu avertir les filles ? Et quand Lisa arrivera, pas un mot sur ces histoires de chauves-souris ou de vampires. »

Burt alla jusqu'à la chambre de sa sœur et frappa à la porte. « Allez, debout ! Le petit déjeuner est servi ! cria-t-il avec une gaieté forcée. Dépêche-toi si tu veux qu'il te reste quelque chose à manger.

— Arrête ton cirque ! » répliqua Sammy derrière la porte.

Burt gagna ensuite sa propre chambre. « Lisa ? » appela-t-il en frappant doucement. Pas de réponse. Il frappa de nouveau. « Lisa, c'est Burt. Vous êtes réveillée ? »

Il attendit et frappa plus fort.

« Lisa ? »

N'obtenant pas de réponse, il ouvrit lentement la porte. « Lisa, vous êtes là ? Lisa ? » Le lit était vide, et la fenêtre grande ouverte.

« Papa ! appela-t-il. Papa ! Elle est partie ! »

Burt courut jusqu'à la fenêtre. Il scruta l'épais sous-bois derrière le bungalow. Deux écureuils se poursuivaient dans un arbre, mais pas la moindre trace de Lisa.

Il se retourna au moment où son père et sa mère faisaient irruption dans la pièce.

« Elle est réellement partie ? demanda

Mme Elliot. As-tu été voir dans la chambre de Sammy ou dans la salle de bain ?

— Attendez, je crois qu'elle a laissé un mot. » M. Elliot désigna une feuille de papier coincée sous un moulinet de pêche posé sur la commode. Il dégagea le billet et se mit à lire, secouant la tête de temps à autre.

« Est-ce que je peux voir ? demanda Burt.

— Juste une minute, mon chéri », dit Mme Elliot, qui lisait par-dessus l'épaule de son mari. Elle aussi hocha la tête d'un air triste. « Pauvre enfant ! » dit-elle.

Son père tendit le mot à Burt, qui se tourna légèrement pour ne pas lire sous les regards de ses parents.

Chers monsieur et madame Elliot, Sammy, Burt.

Merci de vous être montrés si bons envers moi et de m'avoir permis de rester ce soir chez vous. Vous êtes de braves gens.

Je suis désolée de vous avoir causé tant d'ennuis et d'avoir troublé vos vacances avec ce qui nous est arrivé à mon père et à moi.

Je crois qu'il est préférable que je m'en aille. Au revoir, et merci encore de votre gentillesse et de votre hospitalité.

Lisa.

« Il faut la retrouver ! s'écria Burt.

— Déjeunons d'abord, veux-tu ? suggéra Mme Elliot.

— Mais... »

M. Elliot posa sa main sur l'épaule de son fils. « Quelques minutes de plus ou de moins ne changeront rien, Burt. Il y a probablement plusieurs heures qu'elle est partie.

— On n'en sait rien. Cela ne fait peut-être qu'un moment... »

Son père tapota du doigt le mot laissé par la jeune fille. « As-tu remarqué qu'elle a écrit, "merci de m'avoir permis de rester *ce soir* chez vous." Si elle était partie ce matin, elle n'aurait pas formulé sa phrase ainsi. Elle nous aurait remercié de l'avoir hébergée *cette nuit* et non *ce soir*. Tu comprends ? Allons déjeuner et puis nous essaierons de découvrir où elle a pu aller. »

Le temps d'apprendre à Sammy ce qui s'était passé et de passer à table, les œufs et le bacon avaient refroidi. De toute façon, Burt n'avait plus faim. Il avala une tasse de café, puis s'excusa et sortit sous le porche. C'était une belle journée et l'air embaumait les senteurs de la forêt voisine. Les oiseaux chantaient dans les buissons, et le lac scintillait sous les premiers rayons de soleil. Burt trouvait cela injuste, tant de paix et de beauté après l'horreur de la nuit précédente. Le temps aurait dû être

51

sombre et pluvieux, à l'image des sentiments qu'il éprouvait.

Il fit le tour du bungalow mais ne trouva aucune trace de la jeune fille. Il descendit la pente menant au lac. Les vagues ondulaient doucement jusqu'au rivage. Le canot clapotait à l'amarre.

Sur la droite, le club sportif des Barker était rempli d'animation. Deux hommes chargeaient du matériel de pêche dans une barque à moteur, tandis qu'une bande d'enfants s'amusait à plonger depuis le ponton.

Un peu plus loin, deux garçons de son âge pagayaient dans un canoë. Le pagayeur de tête aspergea son compagnon à l'aide de la pagaie. Ce dernier répondit de la même façon. Le canoë finit par chavirer dans les éclats de rire.

Le canoë !

Le regard de Burt revint à leur canot. La nuit dernière, après le départ de la police et de l'ambulance, le canoë de Lisa était encore amarré à l'appontement. Il avait disparu !

Burt remonta en courant vers le bungalow. Il fit claquer la porte d'entrée et tout le monde le regarda avec stupeur surgir dans la cuisine.

« Lisa est sur le lac ! dit-il d'une voix entre-coupée. Elle a pris son canoë ! Nous pouvons la rattraper ! Viens, Sammy !

« — Attends, dit sa sœur. Il faut que je m'habille.

— Une minute, les enfants, intervint sa mère en se tournant vers son mari. Charles, tu ne vas pas les laisser partir sur le lac, après ce qui s'est passé hier, non ?

— Votre mère a raison.

— Mais papa !

— Il s'est passé d'étranges choses, hier. Et avant de nous lancer à la recherche de Lisa, nous attendrons de savoir avec exactitude de quoi est mort son père.

— Mais il faut la retrouver ! s'exclama Burt.

— Je sais ce que tu ressens, mais je pense qu'il est plus prudent de rester ici pour le moment. Allons chez les Barker, pour téléphoner au lieutenant Shaw. La police est plus apte que nous à mener ce genre d'opération.

— Mais papa !

— Suffit ! »

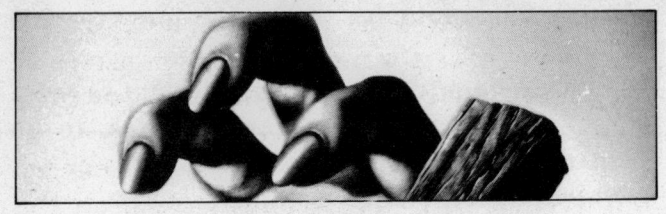

CHAPITRE 6

Le lieutenant Shaw arriva une heure plus tard. Burt vit la voiture de police s'arrêter sur le parking des Barker. Elle remorquait un puissant canot automobile équipé de deux moteurs et de projecteurs.

Shaw fit reculer la remorque jusqu'à la rampe menant à la rive et, avec l'aide de Burt et de M. Elliot, il mit l'embarcation à l'eau.

« Je vais commencer les recherches en longeant la rive, expliqua le lieutenant. Si la fille est à terre, nous pourrons repérer son canoë. Si elle est sur le lac, nous finirons par l'apercevoir à un moment ou à un autre. »

M. Elliot hocha la tête. « Ça ne vous ennuierait pas que Burt vous accompagne ? Il est très impatient de retrouver Lisa.

— Bien sûr. J'allais justement le lui proposer. Comme vous le savez, un homme a rapporté à vos enfants leur canot, quand ils étaient dans l'île. D'après leur description, je pense qu'il s'agit de Jeb Wallace, un vieux fou qui vit à l'extrémité nord du lac. J'ai l'intention d'aller l'interroger sur cette histoire de squelette. De toute façon, nous passerons nécessairement devant chez lui. Ma tâche sera plus facile, si vos enfants sont avec moi pour l'identifier. A condition que ce soit lui... » Il eut un haussement d'épaules.

« Croyez-vous que... M. Elliot hésita... Qu'il y ait un danger quelconque ?

— Non, monsieur Elliot. Jeb est un vieil original, mais il n'est pas dangereux.

— Non, je veux parler de ce qui est arrivé au père de Lisa. »

Shaw fronça les sourcils. « Je pense qu'il n'y a rien à craindre le jour. Les chauves-souris sont des animaux nocturnes.

— C'est la chauve-souris qui l'a tué ? »

demanda Sammy, les yeux larges comme des soucoupes.

Shaw hocha la tête. « Oui, dit-il.

— Vous voulez dire qu'il a eu une crise cardiaque quand la bête l'a attaqué ? dit M. Elliot.

— Non, pas du tout. La chauve-souris l'a mordu au cou, monsieur Elliot. Et apparemment, elle lui a ouvert la veine jugulaire. » Sammy fit une grimace de dégoût. « Il est mort d'exsanguination, conclut le lieutenant.

— C'est monstrueux ! s'écria M. Elliot.

— Je sais, acquiesça le jeune policier. Je n'ai personnellement jamais rien vu de semblable. Mais, comme je le disais, ces bestioles ne sortent jamais de jour, et nous serons de retour bien avant la tombée de la nuit.

— Très bien, dit sans enthousiasme M. Elliot. Vous pouvez accompagner le lieutenant, mes enfants. Votre mère et moi, nous ne bougerons pas d'ici, au cas où Lisa reviendrait. »

Ils longèrent le rivage, Shaw au volant, Burt et Sammy scrutant intensément la berge et la lisière de la forêt. A l'extrémité sud du lac, ils passèrent devant plusieurs bungalows et appontements. Comme la rive s'incurvait vers le nord, les habitations changèrent d'aspect. Elles n'avaient plus rien des maisons de vacances aux couleurs pimpantes et aux jardins fleuris. Ce n'était plus que des cabanes aux planches disjointes, aux toits de tôle retenus par de grosses pierres et aux fenêtres béantes laissant entrevoir des intérieurs délabrés.

« Ces cabanes sont habitées ? demanda Sammy en frissonnant.

— Quelques-unes, répondit Shaw.

— Quelle misère !

— Les gens sont très peu civilisés dans ce coin. Ils aiment vivre ainsi dans ces habitations rudimentaires.

— Eh bien, si ça leur plaît ! » dit Sammy. Son enthousiasme habituel s'était singulièrement refroidi depuis les événements de la nuit passée.

Burt repéra de nombreuses embarcations à quelque distance du rivage, attachées à de vieux appontements en ruine ou à des piquets. Il aperçut deux canoës, mais aucun n'était en aluminium comme celui de Lisa.

Mais il ne vit âme qui vive. Une seule fois il remarqua un filet de fumée s'élevant d'une cabane. Plus loin, il entendit quelqu'un qui coupait du bois à la tronçonneuse. Burt n'était d'ailleurs pas mécontent de ne voir personne car les gens qui vivaient là devaient être brutaux et hostiles, se dit-il. Ils ne devaient pas

voir d'un bon œil le canot de la police rôder
près de leurs retraites. Burt avait déjà remarqué certains de ces endroits au cours de ses
promenades en bateau, mais jamais il ne s'était
approché de si près.

« Jeb habite un petit peu plus loin », dit Shaw.
Il désigna un appontement en partie masqué par
un saule pleureur. L'ouvrage n'était pas délabré
comme les autres, observa avec un certain
soulagement Burt.

Shaw se rangea le long de l'appontement et
coupa le moteur. Après avoir amarré le canot,
ils s'avancèrent sur les planches grinçantes
jusqu'au rivage. « La cabane est derrière les
arbres », dit Shaw.

Le tapis de feuilles encore humides de la nuit
étouffait le bruit de leurs pas. Ils ne parlaient
pas. Burt marchait les yeux fixés sur le sous-
bois assombri par les hautes futaies.

« C'est lugubre », chuchota Sammy.

Une petite cabane surgit parmi les arbres.
De grandes guirlandes blanches encombraient
les deux petites fenêtres et la porte d'entrée.

« Ce sont des chapelets d'ail, dit Shaw.

— De l'ail ? » répéta Burt, étonné.

Shaw haussa les épaules. « Je vous l'ai dit,
Jeb est un original.

— C'est le moins qu'on puisse dire,
approuva Sammy.

— Préférez-vous attendre dans le canot ? Vous n'êtes pas obligés de venir, si vous n'en avez pas envie.

— Je vais avec vous, dit Burt.

— Moi aussi, dit Sammy. De toute façon, je ne tiens pas à rester seule. »

Ils n'étaient plus qu'à quelques pas de la cabane, lorsque, de l'intérieur, une voix leur cria avec colère :

« Fichez le camp d'ici ! Vous êtes sur une propriété privée !

— C'est moi, le lieutenant Biff Shaw », répondit le policier.

Sammy tourna un regard légèrement surpris vers le jeune officier. Burt la vit articuler silencieusement le prénom du jeune lieutenant... Biff. La consonance semblait lui plaire.

Le visage d'un homme apparut à la fenêtre. « C'est bien lui, monsieur Shaw ! murmura Burt. C'est l'homme qui nous a rapporté notre canot.

— Je voudrais vous parler, Jeb, dit Shaw.

— D'accord. Je ne savais pas que c'était vous. » Le visage disparut de la fenêtre, et l'instant d'après, la porte s'ouvrit.

Ils montèrent les deux marches de bois et entrèrent dans la cabane. Il faisait un peu sombre, car la lumière ne venait que des deux petites fenêtres. Une puissante odeur d'ail régnait dans la pièce. De longs chapelets odorants étaient suspendus çà et là. A chaque mur était accroché un arc et son carquois de flèches en bois. L'homme devait être un archer passionné, pensa Burt. Tout cela lui paraissait bien étrange.

« Asseyez-vous, les invita cordialement Jeb.

— Nous pourrions peut-être discuter dehors ? » proposa le lieutenant.

Jeb gloussa. « L'odeur, hein ?

— Ça fait longtemps que vous avez décoré votre cabane avec de l'ail ? demanda Shaw avec un léger sourire.

— Oh, un mois environ, répondit le solitaire avec une surprenante gravité.

— Une raison particulière ?

— Oui, à cause de mes rêves. Des rêves horribles qui annonçaient *son retour !* »

Ils sortirent.

« Jeb, je voudrais vous présenter Sammy et Burt Elliot, dit Shaw.

— On s'est rencontrés hier. J'ai retrouvé leur canot qui dérivait.

— Nous ne sommes pas venus pour parler de ça.

— Je m'en doute, répliqua Jeb en s'asseyant sur une marche. Que puis-je faire pour vous ? demanda-t-il, le chapeau rabattu sur ses yeux dont le regard perçant allait de l'un à l'autre.

— J'aimerais en savoir un peu plus sur ce squelette humain découvert dans l'une des îles. »

Jeb fronça les sourcils. « Un squelette ? Quel squelette ? »

Burt et Sammy échangèrent un regard étonné.

« Celui que Burt et Sammy ont découvert hier », reprit sans se démonter le lieutenant.

Jeb ouvrit de grands yeux, jouant visiblement la surprise. « Ils ont trouvé un squelette ?

— Oui, répondit Burt.

— Et vous le savez très bien, ajouta Sammy.

— Vous nous avez dit, ajouta Burt, que c'était les restes d'un certain Bogus Deeks.

— Et vous avez voulu nous effrayer en nous racontant qu'il se relèverait pour se venger si nous l'avions touché », insista Sammy.

Jeb secoua la tête, persistant à feindre le plus grand étonnement. « Je ne sais pas de quoi ils parlent, Biff.

— Ecoutez, Jeb, lui dit Shaw d'un ton sévère. Je vous demande de me dire à qui appartiennent ces ossements et ce qu'ils font sur l'île ?

— Je vous l'ai dit...

— Et j'aimerais savoir aussi ce que vous

avez fait après le départ de Burt et de Sammy. »

Une lueur de crainte apparut soudain dans les yeux de l'homme. « Que voulez-vous dire ?

— Où l'avez-vous caché ? » demanda Shaw.

Jeb serra ses genoux dans ses mains. « Il est parti ? demanda-t-il d'une voix émue.

— J'y suis allé avec Burt et Sammy hier au soir, et il n'y était plus. »

Brusquement, Jeb se frappa sur la cuisse.

« Vous... vous l'avez touché ! hurla-t-il en jetant un regard furieux à Burt et Sammy. Avouez que vous y avez touché !

— Non ! répondit Sammy.

— Menteurs ! Imbéciles ! Vous l'avez touché et vous prétendez que non ! Savez-vous ce que vous avez fait, triples idiots ?

— Du calme ! » dit Shaw.

Jeb bondit soudain sur ses pieds. Avec un grognement de rage il s'élança vers Burt.

Shaw réagit avec rapidité. Il donna un violent coup de pied dans le genou de Jeb qui s'écroula par terre, avant même d'avoir pu atteindre Burt.

« Ça va ? lui demanda Shaw en l'aidant à se remettre debout.

— Non, ça ne va pas ! Et je ne serai pas le seul à vous répondre ainsi ! Savez-vous ce que ces gosses ont fait ? » Il pointa un doigt accusateur sur Sammy. « Savez-vous ce que vous avez fait ? » Il se tourna vers Burt. « Et vous, vous l'ignorez également, hein ? Je vais vous le dire. Ce squelette, là-bas dans l'île, il avait un pieu dans la poitrine. Non ? Il n'en avait pas ? Bien sûr que si ! Avant que vous arriviez, le pieu y était. Mais vous l'avez enlevé ! Ah ! Vous avez prétendu le contraire quand je vous ai interrogé. Non, non, nous ne l'avons pas touché, avez-vous dit ! Et en enlevant ce pieu, savez-vous ce que vous avez fait ? Vous l'avez *libéré* !

— De quoi parlez-vous ? » demanda Shaw.

Jeb roulait des yeux terrifiés.

« Vous l'avez ramené à la vie ! » dit-il à Burt et Sammy.

Sammy secoua la tête. « Pas nous, c'est Viking, notre chien. Je lui ai seulement jeté un bout de bois que j'avais ramassé sur la berge. Il l'a sûrement confondu avec le piquet, et il a arraché celui-ci au squelette. »

Jeb hocha la tête d'un air grave et solennel. Toute sa colère était passée. « Ainsi, le voilà de nouveau lâché sur nous. »

Shaw secoua la tête. « De qui parlez-vous à la fin ?

— Du *vampire* !

— Vous voulez dire que le squelette trouvé dans l'île appartenait à un... vampire ? demanda Shaw d'une voix posée. Comme Dracula, par exemple ? Et que depuis hier au soir il est de nouveau en vie, si je puis dire, parce qu'un chien a enlevé un piquet de bois qui lui traversait les côtes ?

— Exactement, répondit Jeb, le regard baissé sur ses doigts croisés.

— Cela n'a pas de sens, murmura Shaw.

— Les vampires sont une invention littéraire, dit Sammy.

— Oh non, dit Jeb, détrompez-vous, ils existent. Ils sont morts, et pourtant ils vivent. Ils rôdent la nuit, à la recherche de sang humain !

— Est-ce qu'ils peuvent se changer en chauves-souris ? demanda Sammy en jetant un regard furtif vers son frère.

— En chauves-souris ou en loups, en crapauds et en lézards. »

Sammy regarda Shaw. « Cette chauve-souris dans l'île...

— Celle qui a tué le père de Lisa ? demanda Burt.

— Quelqu'un a été tué ? questionna Jeb.

— La nuit dernière, répondit Shaw, un homme et sa fille ont été attaqués par une grande chauve-souris. L'homme est mort. La bête lui a tranché la jugulaire, et il a perdu tout son sang. »

Jeb secoua la tête d'un air désespéré. « C'est l'œuvre du vampire. Il y aura une nouvelle victime cette nuit. Et puis une autre, et encore une autre. Chaque nuit il aura besoin d'une vie pour étancher sa soif de sang. Et ceux ou celles qu'il tuera deviendront à leur tour des vampires, à moins que...

— Continuez, dit Shaw.

— A moins qu'on ne plante un pieu dans leurs cœurs !

— Quelle horreur ! s'exclama Sammy.

— Eh bien, dit Shaw, je vous remercie de tous ces renseignements, Jeb.

— Vous me remercierez quand vous croirez à ce que je dis, répliqua Jeb.

— Dans ce cas, il vous faudra attendre longtemps.

— Souvenez-vous de la dernière fois, dit Jeb. La police ne m'a pas cru, et pourtant...

— La dernière fois ? » Shaw fronça les sourcils d'un air interrogateur.

« En 1953.

— Ah oui, j'ai entendu parler de ça, dit Shaw. Le tueur des Trois Lacs, n'est-ce pas ? Un type qui a tué cinq ou six personnes...

— Sept, corrigea Jeb. Un maniaque, a dit la police. Qu'en savait-elle ?

— On n'a jamais arrêté le meurtrier, ajouta Shaw. La plupart des corps ont été retrouvés, mais les autres sont restés mystérieusement introuvables.

— C'était *une* meurtrière, dit Jeb. Et vous vous trompez : elle a été arrêtée. Mais pas par la police. Celle-ci n'a pas voulu me croire. Nous avons dû nous en occuper nous-mêmes ! Nous l'avons découverte, Boggs Turney, Wyatt Sims, Peter Martin et moi, dans la cabane de cette vieille sorcière d'Hester Parson. Elle se reposait dans son cercueil la journée. Nous l'avons tirée dehors et nous lui avons planté un piquet de bois dans le cœur ! Après nous avons emmené le corps dans l'île de Trait, où il est resté, neutralisé et bien mort... jusqu'à hier. »

Shaw secoua la tête. « J'oublierai ce que je viens d'entendre, Jeb. Nous avons assez d'ennuis comme ça, sans écouter vos histoires de fou.

— Je vous le dis, nous lui avons planté un pieu dans le cœur !

— Savez-vous que vous êtes en train de m'avouer un meurtre ? » demanda Shaw.

Jeb cracha par terre. « Balivernes, lieutenant ! Ce n'est pas un meurtre que de détruire un vampire. » Il tourna les yeux vers Burt. « Surtout que maintenant, elle est de nouveau en activité, comme si nous n'avions rien fait. Comment appelleriez-vous un meurtre sans victime ? »

Shaw se tourna vers Sammy et Burt. Il semblait contrarié.

« Nous ferions bien de repartir immédiatement », déclara-t-il sèchement.

Jeb les raccompagna jusqu'à l'appontement.

« Je vous aurai avertis ! dit-il. Si vous avez du cœur, informez-en les gens du lac. Dites-le à ceux du sud, aux Barker et autres. Dites-leur qu'un vampire est lâché ! Qu'ils restent chez eux après le coucher du soleil et qu'ils barricadent leurs fenêtres avec des chapelets d'ail. Avertissez-les, sinon vous aurez leur sang sur les mains ! Moi, je répandrai la nouvelle de ce côté-ci du lac.

— D'accord, Jeb. Prenez soin de vous. »

Le vieil homme regarda Shaw dans les yeux. « Vous ne me croyez pas, Biff. Vous êtes trop jeune, et vous n'avez pas vécu dans la forêt. Vous ne connaissez pas les secrets de la nature. Elle ne vous a jamais parlé des esprits des arbres, des farfadets et des forces qui hantent les profondeurs des bois.

— Je suppose que non », dit Shaw.

Jeb regarda Burt et Sammy. « Vous, les enfants, vous avez encore une chance d'entendre les murmures de la forêt. Ecoutez-la ! Ecoutez avec vos cœurs. Le vampire existe, comme vous et moi. Croyez-moi, et vous aurez la vie sauve. Croyez en son existence, et n'oubliez pas que c'est votre sang qu'il veut ! »

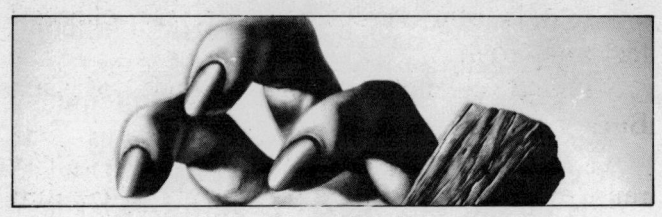

CHAPITRE 7

« Eh bien, quel cinglé ! s'exclama Burt, après qu'ils se furent éloignés de l'appontement.

— Il est resté seul trop longtemps, dit Shaw. Son fils, qui vit avec lui, n'est pas très sain d'esprit non plus. Il parcourt les bois comme un animal sauvage.

— Et si ce que dit Jeb au sujet du vampire était vrai ? hasarda timidement Sammy.

— Tu parles ! dit Burt d'un ton railleur.

— Mais que savons-nous de ces choses ? insista sa sœur.

— Tout ça ne tient pas debout, affirma Burt.

— Ce genre de superstition peut être dangereux, dit Shaw. Regardez où cela a conduit Jeb. A l'en croire, lui et ses compagnons n'ont pas hésité à tuer cette fille qu'ils prenaient pour un vampire. C'est de la folie pure et simple.

— Oui, vous avez raison, concéda Sammy en rougissant.

— Ouvrons l'œil, reprit Shaw. Le canoë de Lisa n'a tout de même pas disparu comme par enchantement. »

Le canot longea de nouveau les berges et Burt scruta intensément la végétation qui descendait jusqu'à l'eau. Mais cette partie du lac semblait inhabitée. Il n'y avait ni cabanes ni appontements.

« C'est complètement désert », fit-il remarquer.

Shaw acquiesça d'un hochement de tête. « Oui, il n'y a qu'une seule cabane un peu plus loin, celle d'Hester Parson.

— Hester Parson ! s'écria Sammy. Mais c'est là que Jeb et ses amis ont retrouvé le vampire... euh, je veux dire la personne qu'ils prétendent avoir tuée !

— Oui, dit Shaw.

— On pourrait peut-être s'arrêter pour interroger Hester Parson au sujet de ce meurtre, suggéra Sammy.

— Une autre fois, Sammy. Le lac est grand, et nous n'avons exploré qu'une partie. Pour le moment, je suis davantage préoccupé de retrouver Lisa », dit Shaw.

Sammy eut un haussement d'épaules compréhensif, mais sa déception n'échappa pas au regard observateur de Burt. Lui aussi était curieux de connaître la version d'Hester Parson. Mais le lieutenant avait raison : ils se retarderaient en s'arrêtant. Il fallait d'abord retrouver Lisa. Si la nuit surprenait la jeune fille dans les bois... Non ! Les vampires n'existaient pas. Mais cette chauve-souris géante avait bel et bien tué, et elle pouvait très bien recommencer. Ah ! si jamais elle s'en prenait à Lisa... « Nous la retrouverons, se dit Burt pour s'encourager. Nous la retrouverons ! »

« Voilà la cabane de Parson », dit Shaw.

L'appontement, délabré par le temps et les tempêtes, laissait passer les rayons du soleil à travers ses planches défoncées. Il n'y avait aucune embarcation. La cabane était tapie à l'ombre de grands arbres, à quelques mètres de la rive. Jeb avait traité Hester Parson de sorcière, et le sinistre logis semblait étayer son accusation. « N'y pensons plus ! » se dit Burt.

70

Le long de la rive est, ils découvrirent une ouverture dans la forêt. Au lieu de l'épais sous-bois et des hautes futaies, une vaste étendue de joncs courait à perte de vue.

« Qu'y a-t-il derrière ? demanda Burt.

— Le lac de Loon, répondit Shaw. Un chenal y conduit, mais ce canot est trop gros pour s'y engager. »

Burt songea avec dépit qu'ils n'auraient jamais le temps de retrouver Lisa avant la tombée du jour. Pourtant, elle devait bien être quelque part. Il scruta de nouveau la berge en espérant voir apparaître tout à coup le canoë en aluminium.

Leurs recherches se révélèrent vaines, et ils arrivèrent bientôt en vue de leur appontement. Shaw dut les quitter pour aller enquêter sur un hold-up commis dans une station-service sur l'autoroute.

M. Elliot accepta de reprendre les recherches avec Burt. Après le déjeuner, ils laissèrent Mme Elliot et Sammy à leur bain de soleil sur l'appontement et partirent en canot explorer la rive est. Ils traversèrent le chenal menant au lac Loon. Ils en firent rapidement le tour et prirent ensuite un autre chenal étroit et sinueux qui les fit déboucher sur un grand lac où évoluait une telle multitude d'embarcations que toute recherche leur parut inutile. Ils se résignèrent à regagner leur point de départ.

L'après-midi touchait à sa fin quand ils arrivèrent au bungalow. Viking les accueillit avec autant de joie que s'ils étaient partis depuis des mois.

« Tu sais, dit M. Elliot à Burt, il se peut qu'elle revienne. Qui sait ? En attendant, faisons un brin de toilette et allumons le barbecue. Que dirais-tu d'un bon steak bien grillé ?

— C'est une bonne idée », dit Burt sans enthousiasme.

Son père lui tapota affectueusement le dos. « Ne t'inquiète pas, mon garçon. Les choses finissent toujours par s'arranger.

— Elles se sont plutôt mal terminées pour le père de Lisa. »

M. Elliot préféra ne pas relever la remarque.

Ils montèrent vers le bungalow, Viking gambadant joyeusement devant eux.

Sammy accourut à leur rencontre.

« Alors ? » demanda-t-elle.

Burt secoua la tête.

« Nous avons cherché partout, lui dit-il, y compris sur le lac de Loon, et nous avons pris un autre chenal conduisant à un grand lac.

— Je ne regrette pas de ne pas être venue avec vous, dit Sammy. Tu sais pourquoi ? Je suis allée chez les Barker pour ma leçon de tir à l'arc, et j'y ai rencontré Ron Barker. Nous sommes tous invités à la fête qu'ils donnent ce soir ! »

Et voilà, pensa Burt avec amertume, il suffit qu'on parle de fête, et ces jeunes écervelés oublient tout le reste.

« Est-ce que je ne pourrais pas rester ici ? demanda Burt au cours du dîner.

— Je pense qu'il serait préférable que tu viennes », dit son père.

Burt découpa un morceau de viande dans son assiette et le porta à sa bouche sans lui trouver le moindre goût.

« Les Barker sont assez aimables pour nous inviter, dit Mme Elliot, et il ne serait pas courtois de ne pas y aller tous ensemble.

— Et puis on va bien s'amuser, ajouta Sammy.

— Toi peut-être. Vraiment, je préférerais rester ici. »

M. Elliot but une gorgée de thé et s'essuya les lèvres.

« Je veux que nous restions ensemble, déclara-t-il. Tant que nous n'en saurons pas davantage sur les circonstances exactes de la mort du père de Lisa, je ne veux pas que l'un d'entre nous reste seul la nuit. Nous irons tous chez les Barker, ou bien nous resterons tous ici.

— Ce n'est pas juste ! se plaignit Sammy.

Alors parce que monsieur veut rester, moi, je ne peux pas aller voir mes amis !

— Burt viendra, dit Mme Elliot. N'est-ce pas, mon chéri ? »

Burt soupira. « Ai-je vraiment le choix ? »

Burt fut prêt avant les autres. Il descendit seul jusqu'à la berge. Le soleil avait disparu derrière les collines à l'ouest. Il fit quelques pas sur l'appontement et contempla le lac. Il aperçut au loin quelques embarcations. L'une d'elles, pensa-t-il, pouvait être le canoë de Lisa. Mais c'était trop espérer. Elle pouvait être n'importe où. Peut-être avait-elle pagayé jusqu'à un autre lac. Ou bien, elle avait peut-être dissimulé son canoë dans les broussailles et traversé les bois. Lisa n'avait pas précisé si son père et elle séjournaient dans l'un des bungalows du bord du lac ou s'ils campaient. Elle avait pu regagner leur tente. Ils devaient avoir une voiture.

Peut-être se trouvait-elle maintenant à plusieurs centaines de kilomètres de là.

Au moins si c'était le cas, Lisa était saine et sauve. Elle ne risquait pas de se faire saigner par... « Allons ! que vas-tu penser là ? Les vampires n'existent pas ! »

« Ohé ! appela Sammy. Tu viens ? Nous sommes prêts ! »

Des lampions multicolores illuminaient le court de tennis des Barker. « Comme c'est beau, toutes ces lanternes chinoises ! » s'exclama Mme Elliot.

Ils franchirent la grille d'entrée et saluèrent les invités arrivés plus tôt. Burt dut faire de grands efforts pour se montrer affable. Plusieurs jeunes de son âge, rassemblés autour du buffet, bavardaient gaiement. Il les avait déjà aperçus dans le coin, mais il ne les connaissait pas très bien. Ce n'était certainement pas le cas de Sammy. Elle connaissait tout le monde !

Burt souhaita que le groupe de musiciens bavarois commençât de jouer. Les gens se mettraient alors à danser et il pourrait trouver un coin tranquille où il attendrait que la soirée se termine. Mais les cinq jeunes musiciens vêtus de culottes de cuir et coiffés de chapeaux tyroliens allaient bavardant de groupe en groupe, apparemment peu pressés de commencer.

La petite bande réunie autour du buffet regardait maintenant dans leur direction.

« Allons leur dire bonjour, suggéra Sammy.

— Vas-y toi.

— Oh ! viens donc ! Ne sois pas si timide.

— Je ne suis pas timide. Je n'ai pas envie de m'amuser, c'est tout.

— Alors tu comptes rester planté là pendant toute la soirée ?

— Exactement ! »

Burt vit un grand garçon se détacher du groupe et venir vers eux. Sammy le vit aussi, mais elle se détourna, feignant de ne pas l'avoir remarqué. Elle porta la main à ses cheveux, comme pour s'assurer qu'ils étaient toujours là puis, examinant sa robe verte, elle repéra un pli rebelle qu'elle s'empressa de lisser du plat de la main.

« Sammy ? » dit le garçon.

Elle se tourna vers lui avec le plus grand étonnement. « Oh ! Bonsoir, Ron !

— Je suis content que vous soyez venus.

— Moi aussi. Merci de nous avoir invités. »

Ron tendit la main à Burt. « Je suis Ron Barker. Tu es le frère de Sammy, n'est-ce pas ?

— Oui, bonsoir Ron, répondit Burt.

— Venez donc boire un verre de punch », proposa le garçon.

Comme ils traversaient le court de tennis encombré de la foule des invités, Sammy adressa à Burt un sourire triomphant, comme si elle l'avait vaincu à quelque jeu secret connu d'elle seule. Elle était tellement infantile, pensa amèrement Burt. Sammy avait certainement tout oublié du drame qui avait frappé Lisa.

Ron les présenta aux autres jeunes gens du groupe.

« Je vous ai aperçus hier au soir, quand ils

ont enlevé le macchabée, dit un jeune rouquin nommé Eric.

— Ne sois pas grossier, lui dit d'un ton de reproche sa sœur aînée, Martha, une jolie fille de l'âge de Burt, avec de longs cheveux châtains.

— J'ai entendu dire qu'il avait eu une crise cardiaque », dit Ron.

Sammy secoua la tête d'un air solennel.

« Non, dit-elle, le lieutenant Shaw nous a dit qu'il était mort d'*exaspération.*

— D'*exsanguination*, corrigea Burt. Cela veut dire une perte totale de sang. Autrement dit, il a été saigné à blanc !

— Oh ! fit Martha, horrifiée.

— Comment c'est arrivé ? » demanda Cliff, un grand maigre. Burt haussa les épaules. Il n'avait pas envie de parler de cela.

« Vous ne le savez pas ? insista Cliff.

Sammy le regarda dans les yeux. « Bien sûr que si ! Il a été tué par une grande chauve-souris. Un vampire !

— Ce n'était pas un vampire ! dit Burt. Mais une roussette.

— Roussette ou pas, comment appelle-t-on une chauve-souris qui suce le sang ?

— Une assoiffée ? » suggéra Eric, pince-sans-rire.

Ron lui lança un regard de reproche. « Ce n'est pas un sujet de plaisanterie ! »

Eric eut un sourire penaud. « Il a vraiment été tué par une chauve-souris ? demanda-t-il à Sammy.

— Oui. C'est ce que sa fille a dit, et le lieutenant Shaw a confirmé la cause du décès. C'est d'ailleurs probablement la même chauve-souris qui m'a attaquée hier au soir.

— Quoi ? Tu as été attaquée par une chauve-souris ? » demanda Ron.

Sammy, enchantée de polariser l'attention générale, hocha gravement la tête. « Nous nous trouvions avec le lieutenant Shaw sur la petite île de Trait, quand cette satanée bestiole s'est abattue sur moi. » Elle fit une grimace et secoua la tête. « C'était horrible.

— Est-ce qu'elle t'a mordue ? demanda Martha.

— Dieu merci, non !

— Tu as eu de la chance, dit la jeune fille.

— Oui, dit Sammy d'un ton plus grave que jamais, car c'est la même bête qui a tué le père de Lisa.

— Qui est Lisa ? demanda Cliff.

— La fille du type qui est mort.

— A-t-elle été attaquée, elle aussi ? demanda Ron.

— Oui, mais elle s'en est tirée en plongeant

par-dessus bord, expliqua Sammy. Elle est restée sous l'eau, ne refaisant surface que pour reprendre de l'air et replonger. C'est comme ça qu'elle a échappé à ce monstre.

— Oui, je l'ai vue, dit Eric.

— Qui ça ? Lisa ? Quand ? demanda abruptement Burt.

— Quoi ?

— Quand as-tu vu Lisa ? répéta Burt.

— Eh bien, la nuit dernière, quand l'ambulance est arrivée pour enlever le corps de son père.

— Ah oui ! dit Burt, se rappelant le petit groupe de curieux qui avaient assisté au départ du véhicule. Il ne put cacher sa déception. « Tu ne l'as pas revue depuis ? »

Eric secoua la tête.

« Elle a disparu, expliqua Sammy. Nous avons passé toute la matinée à la chercher avec le lieutenant Shaw.

— Où avez-vous cherché ? demanda Ron.

— Tout autour du lac. Elle était en canoë et...

— Quel genre de canoë ? demanda Cliff.

— En alu, répondit Burt.

— Il n'y a pas beaucoup de canoës sur le lac, dit Cliff. J'ai rencontré un type hier qui en avait un en alu. Il campait près de Shady Creek.

« — Il était accompagné d'une jeune fille ? demanda Burt.

— Je n'ai pas fait attention. Je passais par là, et je l'ai simplement salué de la main. Mais il aurait très bien pu y avoir quelqu'un d'autre avec lui.

— Comment était-il physiquement ? »

Cliff se gratta le crâne. « Oh, environ quarante ans, plutôt mince, les cheveux courts.

— Cette description correspond à peu près au père de Lisa », fit remarquer Eric.

Burt approuva d'un signe de tête. « Apparemment. Où disais-tu l'avoir aperçu ?

— A Shady Creek. Au nord du lac. Non loin du chenal qui mène au lac de Loon.

— A combien exactement du chenal ?

— Si tu veux, je pourrais t'y emmener.

— Ce serait formidable ! s'écria Burt.

— On peut même y aller tout de suite, si vous voulez, proposa Ron. Notre canot est assez grand pour qu'on y aille tous !

— Super ! » s'écria Eric en se frottant les mains avec enthousiasme.

CHAPITRE 8

Sammy tira Burt par la manche. « Papa ne nous laissera jamais y aller.

— Il vaudrait mieux lui demander la permission. J'y vais. »

Alors que Burt traversait le court de tennis, les musiciens entamèrent une polka, et les couples commencèrent de virevolter, obligeant le garçon à zigzaguer parmi eux. Il aperçut

enfin ses parents en train de danser et s'approcha d'eux.

« Papa ! » appela-t-il.

Son père tourna la tête.

« C'est important ! »

M. Elliot hocha la tête et, tout en dansant,
conduisit sa cavalière jusqu'au bord de la
piste. « Que se passe-t-il ?

— Il y a ici un garçon qui sait où Lisa et
son père campaient. Et on est toute une bande
à vouloir y aller, pour voir si on peut retrouver
Lisa.

— Où se trouve leur campement ?

— Près du chenal du lac de Loon.

— C'est drôlement loin, ça, Burt.

— Ron Barker nous a dit qu'il nous emmè-
nerait avec son canot automobile.

— Vous parlez de mon fils ? » demanda une
voix derrière eux.

Burt se retourna et vit M. Barker. C'était un
grand gaillard aux larges épaules qui semblait
avoir passé sa vie au grand air. Il portait une
chemise de type militaire, avec des épaulettes.
Burt lui avait toujours trouvé un air de ressem-
blance avec John Wayne.

« Fred, d'après ce que j'ai compris, les gosses
veulent aller faire un tour jusqu'au camp du
bonhomme qui a été tué la nuit dernière. Ils

ont l'espoir de retrouver sa fille que nous avons hébergée hier, et qui a disparu.

— Ils connaissent l'emplacement ? demanda M. Barker.

Burt hocha la tête. « Cliff l'a aperçu hier. »

M. Barker se frotta pensivement le menton.

« Vous croyez que la fille peut s'y trouver ? demanda-t-il à Burt.

— Je ne sais pas, mais cela vaut la peine de vérifier, répondit le jeune garçon.

— En effet, approuva M. Barker.

— Cela ne me plaît pas trop de les laisser partir comme ça, dit M. Elliot. Surtout après ce qui s'est passé hier. Qu'en penses-tu, Fred ?

— Et si je les accompagnais ? proposa ce dernier. Je n'ai jamais été un grand amateur de danse, ajouta-t-il confidentiellement en se rapprochant de M. Elliot.

— Ma foi, si cela ne t'ennuie pas... dit ce dernier.

— Nous allons faire un saut jusque là-bas, et nous serons de retour avant même que cette polka soit terminée.

— Très bien, dit M. Elliot. Je te confie ma progéniture. »

« A toi la barre, dit M. Barker à son fils. Ton vieux père n'est qu'un passager ce soir. » Il se tourna vers les autres. « Les gilets sont sous le siège avant.

— Les quoi ? demanda Eric.

— Les gilets de sauvetage, mon garçon. Enfilez-moi ça rapidement, qu'on puisse décoller ! »

Cliff souleva la banquette du siège avant et commença de distribuer les gilets de sauvetage. Burt eut tôt fait d'enfiler le sien.

« Je vais salir ma robe, se plaignit Martha.

— Allez, ne fais pas de manières, dit Eric.

— Ma petite Martha, pas de sortie sans gilet, dit M. Barker. C'est une règle à laquelle je me suis toujours tenu. »

Martha regarda Sammy qui s'affairait à boucler le sien par-dessus sa robe verte.

« Un peu de poussière, ça ne peut pas faire de mal », dit Sammy en riant.

Les deux moteurs vrombirent. Avec un haussement d'épaules fataliste, Martha enfila à son tour son gilet.

« Voilà qui est raisonnable ! » la félicita M. Barker.

Le puissant canot automobile quitta l'appontement. Comme il prenait de la vitesse, Cliff rejoignit Ron à l'avant pour lui indiquer la direction à prendre.

Burt se laissa aller contre le dossier de son siège et contempla les eaux sombres, défilant sous l'étrave de l'embarcation. Il aurait aimé avoir un canot comme celui-ci pour parcourir le lac avec Lisa, explorer les îles, pêcher et même faire du ski nautique. Ce serait formidable. Ils se laisseraient dériver, contemplant la lune et les étoiles. Ils bavarderaient en chuchotant. Il lui tiendrait la main, l'embrasserait...

Le canot fit un bon sur la crête d'une vague et retomba dans une gerbe d'eau qui éclaboussa le visage de Burt, le ramenant fraîchement à la réalité. Il entendit à côté de lui le rire moqueur de Sammy.

Comme le canot s'enlevait de nouveau sur une vague, Burt se baissa rapidement. Sammy poussa un cri : à son tour de prendre une douche forcée.

« Très drôle ! » s'exclama-t-elle, le visage et les cheveux ruisselants d'eau.

Le canot, virant gracieusement, se dirigea vers le rivage.

« Ralentis, Ron », cria M. Barker. Il retroussa le bas de son pantalon. « Vous feriez bien d'enlever vos chaussures, dit-il aux autres. On va sûrement se mouiller les pieds. »

Le moteur ronronnait doucement, tandis qu'ils approchaient de la berge. M. Barker souleva l'une des banquettes et sortit du compartiment une torche électrique. Il prit aussi un autre objet, qu'il glissa prestement sous son ceinturon et qu'il recouvrit de sa chemise. Burt ne put voir ce que c'était.

A quelques mètres du bord, Ron coupa les moteurs. Le canot glissa silencieusement jusqu'à ce que la coque racle le fond rocheux. Cliff sauta dans l'eau avec le filin d'amarrage.

« Terminus ! annonça M. Barker. Tout le monde descend ! Prenez vos chaussures avec vous. »

Ses propres souliers pendaient à son cou par les lacets. Burt en fit de même. Un par un, ils descendirent du canot et gagnèrent la terre ferme. Ron et Cliff halèrent la lourde embarcation et l'arrimèrent au tronc d'un arbre, tandis que Martha et Sammy marchaient prudemment sur les galets glissants en prenant garde de ne pas mouiller leurs robes.

Burt fit quelques pas sur le rivage, cherchant du regard le canoë de Lisa.

« Allons-y, dit M. Barker. Il se dirigea vers le sous-bois en balayant du faisceau de sa torche la petite pente boisée qui s'élevait depuis la rive. Cliff, à ses côtés, lui indiquait le chemin. Ron fermait la marche, en compagnie de Sammy avec qui il barvardait tout bas.

« Je préfère ce genre d'expédition à toutes les danses du monde », confia Eric à Burt.

Ce dernier approuva d'un hochement de tête,

tout en souhaitant que le garçon se taise. Pour lui, cette sortie nocturne n'était pas un jeu, mais la continuation d'une aventure tragique.

« C'est là ! » s'exclama Cliff.

Scrutant l'obscurité, Burt distingua les parois d'une tente. Il se précipita en avant et à la lueur de la torche de M. Barker, il aperçut un tas de bois, les restes d'un feu de camp, une pelle pliante, un seau en plastique et une hachette plantée dans une bûche. Le faisceau éclaira la tente dont l'entrée était fermée par une fermeture éclair.

« Il y a quelqu'un ? » appela M. Barker.

Chacun se tenait immobile et silencieux. On n'entendait que le chant incessant des criquets mêlé au coassement des grenouilles et parfois au cri lointain d'une chouette.

« Ohé ! appela de nouveau M. Barker. Lisa ? »

Ils attendirent en silence, mais nulle réponse ne leur parvint.

« Burt, allons jeter un œil sous cette tente. » Il se tourna vers les autres. « Cherchez autour du campement. Voyez ce que vous pouvez trouver. Mais restez groupés et ne vous éloignez pas. »

M. Barker et Burt s'approchèrent de la tente. A la lueur de la torche, Burt défit la fermeture éclair et passa sa tête à l'intérieur du petit abri.

Il distingua la forme d'un sac de couchage et celle d'un sac à dos.

« Pensez-vous qu'on peut regarder dans le sac ? demanda-t-il.

— On ferait aussi bien de le sortir, répondit M. Barker. D'ailleurs, on devrait embarquer tout ce matériel pour le remettre à la police.

— Oui, approuva Burt, c'est une bonne... » Les mots s'étranglèrent dans sa gorge en voyant le sac de couchage remuer. Il tendit prudemment la main et palpa le revêtement de nylon. Il sentit sous ses doigts la molle protection du duvet, puis toucha quelque chose de plus ferme. Un pied ? Burt sursauta en retirant brusquement sa main.

« Lisa ? murmura-t-il.

— Qu'y a-t-il ? » demanda M. Barker dans son dos.

Le jeune garçon toucha de nouveau le pied. « Lisa ? Est-ce vous ? C'est moi, Burt.

— Elle est là ? »

Burt regarda vers la tête du sac de couchage, mais il ne vit ni visage ni cheveux. Toutefois, il percevait parfaitement le léger mouvement provoqué par une respiration. « Lisa ? » demanda-t-il encore.

Un rire aigu emplit soudain la tente. Burt sentit ses cheveux se hérisser. Il vit le sac de couchage s'ouvrir et un jeune garçon vêtu de haillons en surgir en riant.

« Lisa, répéta d'une voix moqueuse le gar-
çonnet. Lisa, est-ce vous ? » Dans un nouvel
éclat de rire, il bondit en avant. Burt essaya de
l'esquiver, mais le chenapan le bouscula en se
précipitant hors de la tente. « Lisa ! » cria encore
le garçon en traversant la petite clairière.
« Lisa ! » Il sauta par-dessus un buisson et
disparut dans la nuit. Burt entendit le bruit de
sa course dans la forêt et son étrange voix qui
continuait de crier : « Lisa, est-ce vous ? »

« Qui était-ce ? » demanda Burt à M. Barker.
L'homme secoua la tête d'un air triste. « Je
crois bien que c'était le petit Ezra Wallace, le
fils de Jeb. Il est aussi fou que son père, ce
garçon. Jeb le laisse courir les bois comme un
animal. Vous savez, il y a quelques bons-
hommes, ici, que la solitude a un peu dérangés.
Jeb est complètement cinglé et sa femme ne
valait pas mieux. Pas étonnant que leur fils soit
comme ça.

— Qu'est-ce que c'était, ce bruit ? demanda
Ron en accourant avec Sammy dans la clairière.

— Ezra Wallace avait élu domicile dans la
tente.

— Ah bon ! dit Ron. A propos, nous avons
trouvé une voiture sur une piste forestière non
loin d'ici. Ce doit être celle du campeur. »

Eric et Martha arrivèrent sur ces entrefaites.
Cliff les suivait de près.

« Vous avez trouvé quelque chose ? demanda M. Barker.

— Non, répondirent-ils.

— Eh bien, nous n'avons qu'à laisser le campement tel qu'il est. On enverra quelqu'un demain pour charger le tout dans la voiture. Tout le monde est prêt à partir ? »

Il y eut un murmure d'approbation. Seule Sammy demanda : « Qu'avez-vous trouvé dans la tente ?

— Ezra Wallace, répondit M. Barker. Et il a fait une sacrée peur à votre frère.

— Est-ce que je peux regarder ? demanda Sammy en s'accroupissant devant l'abri de toile.

— Si vous voulez, dit M. Barker en braquant le faisceau de sa lampe sur la moustiquaire de l'entrée.

— C'est tout ce qu'il y avait ? demanda Sammy en se relevant.

— Oui, c'est tout, lui répondit Burt.

— Comment se fait-il qu'il n'y ait qu'un seul duvet et un seul sac à dos ? » Sa question provoqua un lourd silence. Burt se reprocha son manque de réflexion. Comment n'y avait-il pas pensé plus tôt ? Il y aurait dû y avoir deux duvets et certainement un autre sac.

« Ma foi, commença de dire M. Barker, c'est effectivement bizarre. Peut-être que Lisa est revenue ici après vous avoir quittés pour récupérer ses affaires.

— Peut-être nous sommes nous trompés de campement, dit Eric.

— Non, c'est bien la tente que j'ai vue, déclara Cliff. D'ailleurs, j'ai trouvé un permis de conduire dans la boîte à gants de la voiture. Il est au nom d'Harold Young, et d'après la phòto d'identité, c'est bien le type que Burt et Sammy ont retrouvé mort dans son canoë.

— Alors, aucun doute, dit M. Barker. Lisa est revenue et elle a emporté ses affaires. Retournons à la maison avant qu'il ne reste plus une seule goutte de punch. Je ne sais pas si vous êtes comme moi, mais cette excursion m'a donné soif. »

Il tapota affectueusement l'épaule de Burt. « Je regrette que nous n'ayons pas retrouvé cette jeune fille, mon garçon. Mais au moins, nous avons essayé.

— Oui, et nous savons qu'elle est venue ici.

— A mon avis, dit Ron, elle a dû regagner la route par la piste forestière et faire du stop pour rentrer chez elle.

— J'aimerais bien savoir où elle habite, dit Burt.

— Le lieutenant Shaw nous le dira, dit M. Barker. Avec le permis de conduire de son père, il ne sera pas difficile de retrouver son adresse.

— Mais il y a une adresse sur le permis, dit Cliff. Si Burt veut venir avec moi, je la lui montrerai. »

Burt se tourna vers M. Barker. Celui-ci devança sa question : « Allez-y, Burt. Nous vous attendons. »

Cliff et Burt s'enfoncèrent dans le sous-bois et atteignirent bientôt une petite voiture blanche de marque japonaise.

« Voilà, c'est là », dit Cliff en ouvrant la boîte à gants. Il sortit une petite carte de plastique et la tendit à Burt. « Tu veux noter l'adresse ?

— Oui. »

Cliff trouva un stylo dans le compartiment et un bout de papier qu'il donna à Burt.

S'agenouillant à côté de la portière, Burt lut la carte. Harold Young habitait à Northbrook, dans l'Illinois. Posant le papier contre son genou, il releva l'adresse en éprouvant un soudain bonheur : Lisa vivait tout près de chez eux !

En revenant vers le camp, son inquiétude resurgit tout à coup. Et si Lisa n'était pas retournée chez elle ? Elle ne pourrait certainement pas y vivre seule, maintenant que son père avait disparu. Toutefois, il se pouvait qu'elle y retourne, ne fût-ce que pour prendre ses affaires.

M. Barker les attendait.

« Vous l'avez ? demanda-t-il en les éclairant de sa torche.

— Oui, merci.

— Très bien, regagnons le canot. »

Alors qu'ils approchaient du rivage, Sammy se rapprocha de Burt. « Où habite Lisa ? demanda-t-elle.

— A... » Les mots moururent sur ses lèvres tandis qu'un lointain coup de feu déchirait le silence de la nuit.

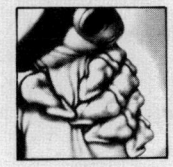

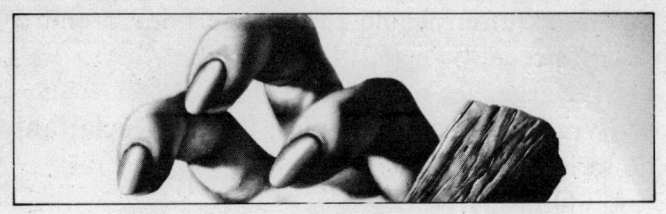

CHAPITRE 9

« Allez ! Tous à bord ! » cria M. Barker. Il monta le premier dans le canot et se hâta de mettre le moteur en marche. « Je veux savoir pourquoi on a tiré », ajouta-t-il avant de donner des gaz. Le canot bondit en avant.

« Où allons-nous ? demanda Martha.

— Dans la gueule du canon, répondit Eric.

— Est-ce bien nécessaire ? dit nerveusement Martha.

— Tout ira bien, la rassura Ron. Nous resterons à bord, pendant que papa ira voir ce qui s'est passé. Il est shérif adjoint. Tu comprends, le premier poste de police est à des kilomètres d'ici. » Il se tourna vers son père. « D'où le coup venait-il, d'après toi ?

— Il me semble que ça provenait de chez Parson.

— Hester Parson ? » demanda Sammy.

Ron parut surpris. « Tu connais Hester ?

— J'ai entendu parler d'elle. Jeb Wallace nous a dit que lui et ses copains avaient découvert un vampire chez elle.

— Un vampire ?

— Oui, ce vampire avait paraît-il tué plusieurs personnes en 1953.

— Oh, le tueur des Trois Lacs ? C'était un fou sadique, pas un vampire, dit Ron d'un ton légèrement méprisant.

— Ce n'est pas l'avis de Jeb, fit remarquer Sammy.

— Jeb est fou, tout comme son fils », répliqua Ron.

Sammy haussa les épaules.

« Oui, c'est probable, concéda-t-elle.

— Ron ! cria M. Barker. Prends le volant ! »

Pendant que Ron dirigeait le canot vers le rivage, M. Barker s'adressa aux autres : « Ecoutez, vous allez rester bien sagement à bord pendant que je vais essayer de découvrir pourquoi on a tiré. Je ne serai pas long. Pas de questions ? »

Ils secouèrent la tête.

Ils passèrent un petit cap, et Burt aperçut les flammes de plusieurs torches que brandissaient des silhouettes menaçantes devant la cabane d'Hester Parson. Les visages éclairés par la lueur des torches exprimaient la colère et la crainte. Devant la porte de la cabane, le lieutenant Shaw leur faisait face.

Parmi les hommes qui tenaient les torches, certains se retournèrent. L'un d'eux, coiffé d'un chapeau cabossé, un collier d'ail autour du cou, s'approcha du rivage et fit signe au canot de s'éloigner.

Burt eut un frisson dans le dos. Il jeta un coup d'œil à Sammy. Elle contemplait l'homme d'un regard fixe. Aucun doute : c'était bien Jeb Wallace, et une lueur de folie dansait dans ses yeux.

« Coupe les moteurs », cria M. Barker à son fils. Ron s'exécuta, et le canot ralentit, glissant doucement vers les restes squelettiques de l'appontement d'Hester Parson.

« Ne t'occupe pas de ça, Barker ! cria Jeb Wallace.

— Je fais mon devoir, Jeb, répliqua M. Barker.

— Content de vous voir, cria le lieutenant Shaw. Vous allez pouvoir me donner un coup de main pour arrêter ces enragés.

— Que se passe-t-il, Biff ?

— Ils en ont après Hester, et Dieu sait pourquoi.

— Cette vieille sorcière cache le vampire ! cria Jeb. Nous voulons seulement qu'elle nous remette le cercueil pour le purifier. Nous ne voulons de mal à personne, à personne d'*humain*, en tout cas. »

L'avant du canot heurta un pilotis, et M. Barker se hissa sur l'appontement. Dirigeant le faisceau de sa lampe électrique sur le plancher vermoulu et défoncé, il commença d'avancer avec précaution. La moitié des planches manquaient. Les autres craquaient et gémissaient sous son poids.

Jeb approcha de l'appontement d'un air menaçant, décidé à empêcher M. Barker de rejoindre le policier. Il portait un arc sur son épaule, mais n'avait apparemment pas l'intention de s'en servir.

« Reste où tu es, Jeb », lui cria M. Barker. Les jambes écartées pour garder son équilibre, il enjamba un trou béant au beau milieu de la plate-forme.

Ce fut le moment que choisit Jeb pour lui lancer sa torche enflammée au visage. La flamme vacillante décrivit une courbe dans l'obscurité. M. Barker l'écarta d'un revers de la main, mais il perdit l'équilibre en poussant un cri. Il battit désespérément des bras et tomba à la renverse, passant à travers les planches pourries et chutant lourdement dans le lac entre deux pilotis.

« Papa ! » s'écria Ron, en sautant par-dessus bord. Burt vit les autres hommes s'élancer vers le lieutenant Shaw.

« Reculez ! » ordonna le policier en tirant en l'air. L'un des assaillants tenta de lui asséner un coup de torche, mais Shaw esquiva et frappa l'homme de son poing. Son agresseur tomba à la renverse, tandis que ses compagnons se jetaient sur le jeune lieutenant. Celui-ci donna un coup de crosse sur le crâne du premier, mais les autres le saisirent à bras-le-corps, lui arrachèrent son arme et l'immobilisèrent.

« Il faut les arrêter ! » s'écria Sammy. Elle se leva d'un bond et plongea par-dessus bord, avant que Burt ait pu l'en empêcher. Il la regarda nager rapidement vers la berge, puis se décida à la suivre. Comme l'eau était peu profonde, il plongea à plat, et le choc, malgré son gilet de sauvetage, lui coupa le souffle.

Burt oublia sa douleur pour nager le plus vite possible, ses bras attaquant l'eau de toutes ses forces, ses pieds battant furieusement. Il ne s'arrêta qu'en sentant sous ses mains le fond rocheux. Se relevant, il courut vers la rive.

Sammy, devant lui, prenait déjà pied sur la berge. « Arrêtez ! cria-t-elle. Lâchez le lieutenant ! »

A son tour, Burt remonta la rive et suivit sa sœur. Sammy sauta sur le dos de l'un des hommes qui entouraient le lieutenant Shaw. L'homme poussa un sourd grognement et trébucha, entraînant dans sa chute l'un de ses compagnons. Burt ramassa une torche par terre et en menaça le plus proche de ses agresseurs. La manche de l'homme s'enflamma et, avec un cri aigu, il courut plonger dans le lac.

Un coup de feu retentit dans la nuit. Burt se retourna et vit Jeb Wallace qui dirigeait le canon d'un pistolet sur la tempe du lieutenant. « Ça suffit ! ordonna-t-il. Ou sinon je lui brûle la cervelle ! »

Le combat cessa immédiatement. Sammy, toujours accrochée au dos de l'un des hommes, le relâcha et se releva. Un moustachu se dégagea d'Eric, agrippé à ses jambes, tandis qu'un autre, au ventre proéminent, repoussait Cliff. Près de l'appontement, Ron et son père regagnèrent la rive, en compagnie de l'homme à la manche brûlée.

Burt regarda autour de lui à la recherche de

Martha. Puis il la vit dans le canot. L'embarcation, qu'ils n'avaient pas eu le temps d'amarrer, dérivait lentement, s'éloignant du rivage.

« Hester ! appela Jeb. Sors de la cabane ! »

Une vieille femme toute voûtée apparut sur le seuil du misérable abri. De longues mèches grises pendaient sur ses épaules maigres. Appuyée sur une canne, elle fixa Jeb d'un regard haineux.

« Inutile de me regarder comme ça, vieille sorcière ! Nous voulons seulement le cercueil du vampire !

— J'ignore de quoi tu parles, Jeb, répondit Hester d'une voix grinçante.

— De ta fille !

— Vous l'avez tuée en 1953 !

— Mais elle est revenue, et tu le sais. Ces crétins de gosses... » Il eut un geste de la main vers Sammy et Burt. « ... Ils l'ont libérée en trouvant son cadavre que nous avions caché pendant toutes ces années et en enlevant le pieu planté dans son cœur. »

Hester eut un sourire qui donna la chair de poule à Burt. Ses yeux brillaient d'un éclat diabolique.

« Nous savons qu'elle hante de nouveau le lac, reprit Jeb. Elle a tué un gars, la nuit dernière. Et je suis sûr qu'elle est en ce moment-même à la recherche d'une autre victime. Mais, quand elle reviendra avant l'aube, elle ne pourra trouver refuge dans son cercueil en attendant la nuit prochaine.

— C'est tout ?

— C'est tout, Hester. Et maintenant, laisse-nous passer.

— Non.

— Tu préfères qu'on brûle ta cabane ? »

La vieille femme se contenta de répondre d'un regard haineux, puis elle s'écarta de la porte.

Jeb se tourna vers ses compagnons. « Boggs, Wyatt, allez chercher le cercueil. S'il n'est pas dans la première pièce, allez voir dans la petite remise derrière. »

Les deux hommes plantèrent leurs torches dans le sol et pénétrèrent dans la cabane faiblement éclairée.

Jeb regarda Sammy et Burt. « Vous voyez tout le mal que vous avez fait ?

— Ce n'est pas notre faute, bredouilla Sammy d'une voix craintive.

— A qui la faute, alors ? Qu'aviez-vous besoin de venir sur cette île ? En vous voyant arriver, j'ai senti tout de suite que les ennuis allaient recommencer !

— Ainsi, c'est vous que j'ai aperçu, lui dit Burt. C'est vous qui avez pris notre canot.

— Evidemment, reconnut Jeb. Il fallait bien que je regagne la rive.

— Et comment se fait-il que vous vous soyez retrouvé sur l'île sans embarcation ? Vous n'y étiez tout de même pas venu à la nage ? » demanda Burt.

Jeb secoua la tête de dépit. « C'est mon imbécile de fils ! Je savais que c'était une erreur de l'emmener avec moi. Ce garçon n'a pas de tête. J'étais venu vérifier que les restes du vampire étaient bien là. Inconsciemment, je redoutais quelque chose. Et puis ce crétin, effrayé par le cri d'une chouette, s'est enfui avec mon canot, me laissant dans l'île, jusqu'à ce que vous arriviez !

— On l'a trouvé ! cria une voix à l'intérieur de la cabane.

— Apportez-le ici ! » répondit Jeb.

Les deux hommes réapparurent, portant une longue caisse de bois. Jeb se tourna vers Hester. « Depuis quand caches-tu ce cercueil ? »

Pour toute réponse, la vieille femme lui adressa un sourire hideux découvrant ses dents jaunies.

« Nous avons brûlé le dernier, expliqua Jeb à l'intention de M. Barker et des autres. Mais Hester est toujours prête à accueillir le vampire, n'est-ce pas ? ajouta-t-il en jetant un regard furieux à Hester Parson.

— On le brûle maintenant ? demanda l'un des hommes.

— Non. Posez-le là, et enlevez le couvercle. »

Ils posèrent la caisse et l'ouvrirent. Burt vit qu'elle était vide. Une litière d'herbe sèche en tapissait le fond.

Relâchant le lieutenant Shaw, Jeb s'approcha du cercueil. Il s'agenouilla, ôta la guirlande d'ail qui pendait à son cou, puis il la plaça à l'intérieur. « Cela devrait suffire. Le vampire va avoir une surprise en rentrant. Cette saleté ne saura où aller, et la lumière du jour la frappera avant qu'elle ne trouve un abri. Alors, j'enfoncerai un pieu dans son cœur, et nous serons débarrassés de ce monstre ! »

Se relevant, Jeb se brossa les genoux. « Wyatt, Boggs, vous emmènerez Hester chez moi, et vous la garderez jusqu'au matin. Ne la quittez pas des yeux. »

Alors que les deux hommes approchaient d'Hester, M. Barker ordonna soudain : « Que personne ne bouge ! »

Jeb leva le pistolet pris à Shaw, et une détonation ébranla le silence. Mais le coup ne provenait pas de l'arme de Jeb. Avec un cri de douleur, ce dernier agrippa sa jambe à deux mains et s'écroula à terre.

Voyant cela, les cinq compagnons de Jeb s'enfuirent en courant vers les bois. Cliff et

Ron se lancèrent à leur poursuite, tandis que Sammy accourait auprès du lieutenant Shaw et qu'Hester s'empressait de regagner sa cabane.

« Laissez-les », cria M. Barker aux jeunes gens, qui abandonnèrent aussitôt la poursuite. M. Barker replaça son pistolet sous son ceinturon, et Burt comprit que c'était une arme que le père de Ron avait prise avant d'aller explorer le campement de Lisa.

La porte de la cabane claqua derrière la vieille femme.

« Aidez-moi ! gémit Jeb. Je perds tout mon sang !

— Je regrette, Jeb, mais tu l'as cherché », dit M. Barker.

Le lieutenant Shaw s'agenouilla auprès du vieil homme et examina la blessure.

« Ce n'est pas grave, dit-il. J'ai une trousse de secours dans ma voiture. Je vais la chercher. » Il se releva et s'éloigna au pas de course, Sammy sur ses talons.

« Où est ma sœur ? demanda alors Eric, réalisant pour la première fois que Martha n'était pas avec eux.

— Le canot a dérivé, mais on va le rattraper », dit M. Barker. Il se tourna vers Ron et Cliff. « Vous allez courir jusqu'à la cabane de Jeb, leur dit-il. Vous prendrez son canot. Si ça ne vous ennuie pas, Jeb ? » Le blessé hocha la tête en grognant. « Une fois que vous aurez retrouvé Martha, allez remettre le bateau de Jeb à sa place et revenez ici à toute vitesse. »

Les deux garçons s'en furent en courant. Un instant plus tard, le lieutenant Shaw et Sammy réapparurent. Shaw s'agenouilla auprès de Jeb, ouvrit sa trousse de secours et se mit rapidement à l'ouvrage.

Quand il eut fini de bander la jambe de Jeb, il se tourna vers M. Barker. « Je vais le conduire à l'hôpital. Les choses se calmeront ici, une fois Jeb écarté.

— Nous rentrerons dès le retour des garçons.

— Que va-t-on faire du cercueil ? hasarda Sammy.

— Que voulez-vous dire ? demanda Shaw.

— Euh... ne devrait-on pas faire quelque chose à ce sujet ? Si nous partons tous, Hester enlèvera l'ail, et le vampire...

— Elle a raison », dit Jeb.

Shaw lui jeta un regard courroucé. « Vous nous avez causé assez d'ennuis comme ça, Jeb, vous et votre chasse au vampire.

— Comment saviez-vous que nous viendrions ici ? demanda Jeb au policier.

— Cela m'a paru évident après votre récit de ce matin, lui répondit Shaw. J'ai donc jugé bon de faire un saut jusqu'ici.

— J'aurais dû la boucler, grommela Jeb.

— Mais vous ne l'avez pas fait. » Shaw se pencha pour soulever le blessé. « Allons-y. Burt, voulez-vous m'aider ?

— Bien sûr. »

Ils aidèrent Jeb à se remettre debout. Le soutenant de chaque côté, ils l'emmenèrent à travers les bois jusqu'à la voiture du lieutenant, où ils l'installèrent avec précaution sur le siège arrière.

Comme Burt s'apprêtait à repartir, Jeb le retint par le bras.

« C'est à vous de jouer, dit-il tout bas. Vous et votre sœur. Ne laissez pas Hester enlever l'ail.

— Ça suffit ! gronda Shaw. Les vampires n'existent pas, et je ne veux plus entendre un seul mot à ce sujet. »

Jeb lâcha le poignet de Burt, et Shaw se tourna vers ce dernier.

« Ne l'écoutez pas, lui dit-il. Il n'a pas toute sa raison. » Il tapota amicalement l'épaule de Burt. « Merci de votre aide. Je viendrai vous voir demain. »

Burt regarda la voiture disparaître derrière les arbres. Puis il revint à la cabane d'Hester Parson, où M. Barker, Sammy et Eric attendaient près du cercueil.

« Qu'allons-nous faire de ça ? » demanda Burt en désignant la longue caisse de bois.

M. Barker haussa les épaules. « Le cercueil appartient à Hester. Nous n'avons pas le droit d'y toucher.

— Mais le vampire ? questionna Sammy.

— Oh, allons, vous ne croyez tout de même pas à ces sornettes ? » M. Barker eut un rire moqueur.

Sammy baissa les yeux. « Je... je ne sais pas. Je suppose que non.

— Ce ne sont que des superstitions pour des vieux fous comme Jeb et sa bande de demeurés », ajouta M. Barker.

Sammy haussa les épaules. « Alors, nous allons laisser le cercueil ici ? »

M. Barker acquiesça d'un signe de tête. Sammy leva les yeux vers la cabane et vit une main remettre hâtivement le rideau de la fenêtre en place. Hester Parson les épiait.

Le petit groupe descendit vers la rive pour y attendre Ron et Cliff. Les nuages cachaient la lune et le lac n'était qu'une immense tache noire. Burt regarda les eaux sombres avec un sentiment de malaise.

Il entendit bientôt le bruit d'un moteur de bateau. Le son se rapprocha. Burt scruta le lac, mais ne vit rien. Puis, le grand canot des

Barker apparut soudain, ses phares trouant la nuit sombre.

Les moteurs se turent, et on n'entendit plus que le chuintement de la coque sur les eaux calmes.

« Ron ? » appela M. Barker.

Burt frissonna tandis qu'ils attendaient une réponse.

« Papa ? » répondit Ron. Le ton de sa voix semblait chargé de crainte. « Tu nous as bien dit que Martha était restée à bord, non ?

— Oui, pourquoi ?

— Elle a disparu ! »

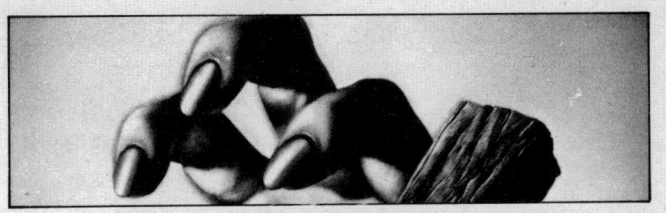

CHAPITRE 10

« Il faut la retrouver ! » s'écria Eric.

M. Barker lui pressa le bras. « Ne t'inquiète pas, mon garçon. Nous la retrouverons. » Il fit un geste à Sammy et Burt. « Allons-y.

— Mais le cercueil... commença de dire Sammy.

— Pas le temps de s'occuper de ces sornettes. Il faut partir tout de suite à la recherche de la sœur d'Eric. »

Ils montèrent tous à bord du canot, et M. Barker rejoignit son fils à l'avant.

« Vas-y, Ron, fit-il. Conduis-moi à l'endroit exact où tu as trouvé notre canot. Et conduis lentement. » Il se tourna vers les autres. « Que chacun ouvre l'œil. Martha est une bonne nageuse. De plus, elle avait son gilet de sauvetage. Elle doit être encore dans l'eau, si elle ne s'est pas réfugiée quelque part sur l'île, ou sur la berge. Nous chercherons d'abord sur le lac en suivant la direction qu'a dû prendre le canot en dérivant. Ensuite, nous fouillerons les berges avec le projecteur. »

Le canot se mit lentement en marche. Burt, assis à côté de sa sœur, scrutait les eaux sombres. L'obscurité était totale hormis le faisceau de lumière que projetait le phare du canot sur la surface brillante du lac. La lune et les étoiles étaient masquées par d'épais nuages. Le vent se levait, porteur des senteurs de la forêt, mais aussi d'une humidité annonciatrice d'un orage d'été.

« J'ai l'impression qu'il va pleuvoir, fit remarquer Burt. On ferait bien de retrouver Martha avant que l'orage n'éclate. »

Ils cessèrent de bavarder pour reporter toute leur attention sur le lac. Comme le temps passait, le vent souffla plus fort et les eaux commencèrent de s'agiter. Le canot dansait sur les vagues comme une voiture sur une route accidentée. Burt agrippa le bordage pour ne pas être chahuté par le roulis.

« C'est à peu près ici que nous avons retrouvé le canot, dit Ron.

— Tu en es sûr ? demanda M. Barker.

— Oui, tout près d'ici. Juste à la pointe de l'île de la Chèvre.

— Très bien. Nous allons explorer cette zone. Que tout le monde fasse attention. La tempête approche, et il faut retrouver Martha le plus vite possible. »

Comme le canot décrivait une vaste courbe, un éclair zébra le ciel. Dans la brève et tremblante lueur, Burt distingua un objet de couleur orange qui flottait à quelque distance de là. Il poussa Sammy du coude. « Tu as vu... » Le grondement du tonnerre couvrit ses paroles. Puis, comme si le bruit en avait donné le signal, les vannes du ciel s'ouvrirent pour déverser un torrent de pluie. En un instant, chacun se retrouva trempé jusqu'aux os.

Un second éclair illumina les flots. Essuyant la pluie qui lui ruisselait dans les yeux, Burt aperçut de nouveau la tache orange ballottée par les vagues. Il savait ce que c'était : un gilet de sauvetage.

Burt cria par-dessus le grondement du tonnerre : « Là ! » Il désigna l'endroit. « Elle est là-bas ! »

M. Barker orienta le projecteur dans la direction indiquée par le jeune garçon, mais le rideau de pluie était impénétrable et réfléchissait la lumière, comme un miroir.

« Impossible de voir quoi que ce soit avec cette pluie ! cria M. Barker.

— Il faut avancer encore ! » De nouveau, Burt désigna l'endroit où il avait aperçu le gilet de sauvetage. Il vit M. Barker approuver d'un signe de tête et transmettre l'indication à Ron.

L'instant d'après un nouvel éclair illumina la surface de l'eau, mais Burt ne distingua pas le gilet. Il tourna la tête vers Sammy, tandis que le tonnerre grondait. Les cheveux de la jeune fille étaient collés sur son visage. « Tu l'as vu ? » demanda-t-il. Sammy secoua la tête.

Le ciel s'éclaira violemment à nouveau et, cette fois, Burt eut le temps d'apercevoir la ceinture de sauvetage avant le retour de l'obscurité.

« Là ! cria-t-il. Droit devant ! »

Le tonnerre gronda.

« Je l'ai vue ! » cria M. Barker.

Burt jeta un coup d'œil à Sammy. Elle hocha la tête. « Je l'ai vue aussi », dit-elle.

Comme un autre éclair zébrait les ténèbres, Burt découvrit qu'ils n'étaient plus qu'à une dizaine de mètres du gilet. Il se tourna vers M. Barker.

« Je vais la chercher.

— Non, nous... »

Un coup de tonnerre couvrit ses paroles.

Burt se leva et plongea par-dessus bord. Il se mit à nager, secoué par les vagues, aveuglé par la pluie, mais déterminé à atteindre la jeune fille. Il ne fut bientôt plus qu'à quelques brasses du gilet de sauvetage et, soudain, la peur le glaça. A la lueur d'un éclair, il n'avait vu que le dos du gilet. Martha semblait retournée sur le ventre, la tête dans l'eau ! Nous arrivons trop tard, pensa-t-il avec terreur.

Peut-être était-elle morte avant même d'être tombée à l'eau ? Burt l'imagina dans le canot, attaquée par une grande chauve-souris. Comme dans les films d'épouvante, la bête avait repris une forme humaine après avoir bu tout le sang de la jeune fille, puis l'avait jetée par-dessus bord. Elle avait ensuite retrouvé son aspect de chauve-souris pour s'envoler dans la nuit...

Non ! Les vampires n'existent pas ! se dit-il avec colère.

Comme une vague le portait en avant, Burt atteignit le gilet de sauvetage et l'attira vers lui. Il eut envie de détourner le regard, mais une force mystérieuse l'en empêcha. Il retourna le gilet, étonné de sa légèreté. Il était vide !

Martha était-elle tombée par-dessus bord, après avoir, pour une raison quelconque, enlevé sa ceinture de sauvetage ? Avait-elle coulé ? Rongé par la crainte, Burt entreprit de regagner le canot. Il tendit le gilet à Sammy, tandis que Cliff se penchait pour l'aider à remonter.

Dans le canot, il vit Eric tourner et retourner le gilet, comme si l'objet avait pu dissimuler sa sœur. « Ce n'est peut-être pas le sien », dit-il enfin avec espoir.

Cliff braqua le faisceau d'une torche électrique sur le gilet. Celui-ci était au nom de la « Station Barker ».

« Elle est sûrement saine et sauve quelque part », dit Sammy cherchant elle-même à se convaincre. Elle passa son bras autour des épaules d'Eric, qui s'était mis à trembler. « Ne t'inquiète pas. Sincèrement, je suis sûre qu'elle est quelque part en sécurité. »

Le garçon secoua la tête. « J'aurais dû rester avec elle. C'est ma faute.

— Attention ! » hurla M. Barker.

Burt vit Ron donner un brusque coup de volant. Le canot vira abruptement, et Burt distingua à travers la pluie le vague contour d'une île.

« Vire donc, Ron, ou sinon on va s'échouer ! cria M. Barker.

— Regardez ! » cria soudain Cliff en désignant l'île.

Burt s'essuya les yeux et aperçut à son tour une silhouette qui agitait les bras depuis le rivage.

« C'est elle ! s'écria Eric. C'est Martha ! »

M. Barker s'empara du volant. « Cramponnez-vous ! »

Penché au-dessus du gouvernail, il fit virer le canot, puis se dirigea tout droit vers l'île. A quelques mètres de la rive, il coupa les gaz et laissa filer l'embarcation.

« Tout le monde à terre ! cria-t-il. Nous allons amarrer et attendre que l'orage passe. L'île de la Chèvre, TERMINUS ! Tout le monde descend ! »

M. Barker était transporté de joie, et Burt comprenait pourquoi. Il se sentait lui-même profondément ému en voyant Eric accourir vers sa sœur et la serrer dans ses bras.

Il aida Cliff, Ron et M. Barker à remonter le canot sur la berge, pour le mettre à l'abri des vagues. Ils l'arrimèrent solidement à un arbre et rejoignirent Martha, Eric et Sammy qui les attendaient en riant et pleurant à la fois.

M. Barker tapota affectueusement le dos de Martha. « Heureux de vous revoir, jeune fille. Nous avons bien cru que... enfin, n'y pensons plus. Que vous est-il arrivé ? Pourquoi avez-vous quitté le canot ?

— J'ai été attaquée par une grande chauve-souris », répondit-elle d'une voix tremblante.

Burt la regarda avec stupeur.

« Une gigantesque chauve-souris s'est abattue

sur moi, reprit Martha, et je ne savais que faire. J'avais si peur de mourir comme M. Young ! » Elle écarta une mèche de cheveux de son front. « Puis je me suis souvenue de ce qu'avait dit Sammy au sujet de l'autre fille qui avait échappé à ce monstre en s'enfonçant dans l'eau. C'est ce que j'ai fait.

— Vous avez donc sauté par-dessus bord », dit M. Barker.

Martha hocha la tête. « Oui, mais je n'arrivais pas à plonger sous l'eau au début à cause du gilet de sauvetage, et la chauve-souris... » Martha frissonna « ... a bien failli m'avoir pendant que j'essayais de défaire les sangles. Mais j'y suis finalement parvenue et je suis restée sous l'eau jusqu'à ce que la bête abandonne. »

La jeune fille jeta un regard anxieux autour d'elle, comme si elle s'attendait à voir revenir le monstre.

« Eh bien, dit M. Barker, vous avez eu une sacrée veine.

— Oh oui !

— Avez-vous exploré l'île ? demanda-t-il.

— Non, je suis restée au bord de l'eau, au cas où la chauve-souris serait revenue.

— Il est inutile de nous inquiéter maintenant que nous sommes en groupe, dit M. Barker. Cherchons plutôt un endroit pour nous abriter de la pluie. »

Cliff donna la torche électrique à M. Barker, et ils pénétrèrent dans le sous-bois. Burt s'inquiéta au sujet de la foudre, sachant qu'elle frappait les grands arbres. Mais le plus fort de l'orage était passé. Les éclairs avaient cessé et les grondements du tonnerre s'éloignaient peu à peu. Il n'y avait plus aucun danger à s'abriter sous les arbres.

« Voilà un endroit qui fera l'affaire », dit M. Barker balayant de sa lampe une minuscule clairière abritée par d'épaisses branches. Il s'appuya contre le tronc d'un hêtre. Nous allons nous reposer un peu. Le gros de l'orage est passé maintenant. Nous attendrons qu'il pleuve un peu moins, et puis nous rentrerons. Il va falloir s'occuper sérieusement de ces chauves-souris. C'est bizarre qu'elles attaquent les gens. Je n'ai jamais vu ça. » Il se tut et se mit à rire. « L'averse a dû rafraîchir les danseurs. J'espère qu'ils ont pu s'installer à temps sous le hangar, comme cela était prévu.

— Papa ! »

Burt se retourna en sursautant vers Ron. Le garçon se tenait immobile, pointant son doigt vers le sol détrempé. Burt se rapprocha.

« Papa ! Viens vite !

— Qu'y a-t-il ? » demanda M. Barker.

Burt découvrit un horrible spectacle : à demi ensevelis sous les feuilles, gisaient les os blanchis d'un squelette humain !

CHAPITRE 11

« Bon sang ! murmura M. Barker en éclairant les restes humains de sa torche électrique.

— Exactement comme la dernière fois, dit tout bas Sammy.

— Comment ?

— Burt et moi, nous avons trouvé un squelette hier, dans l'île de Trait.

— Oui, votre père me l'a raconté. Il m'a dit que vous étiez retournés dans l'île avec le

118

lieutenant Shaw, mais que le squelette n'y était plus.

— Quelqu'un a dû l'enlever pour le mettre ici », hasarda Burt.

Ron hocha la tête. « Je parie que c'est Jeb Wallace.

— J'en doute. Celui-ci ne me paraît pas avoir bougé. Voyez comme il est recouvert de feuilles, fit remarquer M. Barker.

— Jeb a très bien pu le recouvrir ainsi, dit Ron.

— Peut-être. Laissez-moi voir ça de plus près », dit M. Barker. Il s'accroupit et éclaira le crâne de sa lampe. Quelqu'un poussa un faible gémissement, et Burt vit Martha qui fixait d'un regard horrifié la tête aux orbites sombres et à la mâchoire ouverte en un sourire macabre. Sentant le regard de Burt posé sur elle, la jeune fille se tourna vers le jeune garçon. Sans réfléchir, Burt l'attira contre lui, passant un bras autour de ses épaules dans un geste de réconfort mutuel.

M. Barker souleva le crâne et examina le sol en dessous.

« Oui, c'est bien ce que je pensais, dit-il. Voyez comme la terre est tassée à l'endroit où reposait le crâne. Ce type est là depuis longtemps, peut-être des années.

— Je savais que ce n'était pas le squelette que nous avons trouvé avec Burt, dit Sammy.

— Ah oui ? Et pourquoi ?

— Parce que le nôtre a cessé d'être un squelette pour devenir un vampire, répondit Sammy d'une voix tremblante. Quand Viking — c'est notre chien — a enlevé le pieu planté dans son cœur, il a ramené le vampire à la vie, et celui-ci s'est métamorphosé en une chauve-souris, celle-là même qui attaque les gens. »

Burt grogna après sa sœur.

« Tu ne sais plus ce que tu dis, murmura-t-il d'un ton de reproche.

— Où avez-vous été cherché tout cela ? demanda M. Barker.

— C'est Jeb Wallace qui nous l'a dit, répondit Sammy d'un ton froissé.

— Ce vieux fou de Jeb », murmura Ron en secouant la tête.

Sammy lui jeta un regard de défi. « Eh bien, fou ou pas, je commence à le croire, moi !

— Oh, allons, Sammy ! s'exclama Cliff.

— Mais ne voyez-vous pas que cela expliquerait tout ? insista-t-elle. Cela expliquerait comment le squelette de l'île de Trait a disparu et...

— Tu veux dire qu'il s'est relevé et s'en est allé... sur ses jambes ? demanda Cliff, d'un ton moqueur.

— Pas sur ses jambes, monsieur, mais avec ses ailes ! répliqua Sammy. Il s'est transformé en chauve-souris dès que le soleil s'est couché. Quand nous sommes arrivés avec le lieutenant Shaw, il était trop tard. Il avait déjà opéré sa métamorphose, et j'en sais quelque chose, puisqu'il a essayé de m'attaquer. Il avait un besoin urgent de sang, et il s'en est pris à Lisa et à son père qui rentraient en canoë. Ensuite, il est certainement allé chez Hester Parson pour se mettre à l'abri dans le cercueil durant la journée, parce que, comme vous le savez, les vampires ne supportent pas la lumière du jour. Il est resté dans sa caisse jusqu'à ce soir et il en est sorti avant que Jeb et ses amis n'arrivent. Puis, il a attaqué Martha. » Sammy se tut, hors d'haleine après sa longue et passionnée explication.

Martha, à l'évocation de l'horrible agression dont elle avait été victime, se blottit instinctivement contre Burt. Elle leva la tête vers lui. « Croit-elle vraiment tout cela ? chuchota-t-elle à son oreille.

— Vous ne voyez donc pas comme tout s'enchaîne ? demanda Sammy.

— C'est complètement insensé, répliqua Cliff.

— Je pense, dit M. Barker d'une voix posée,

qu'il existe sûrement une explication moins...
fantaisiste. »

Ron désigna le squelette d'un hochement de
tête.

« Et lui, c'est aussi un vampire d'après toi ?
demanda-t-il avec une ironie non dissimulée.

— C'est possible », répondit Sammy avec
raideur. La réaction de ses compagnons l'indi-
gnait.

M. Barker promena le faisceau de sa lampe
sur le squelette, éclairant le crâne, les épaules,
la cage thoracique.

Sammy eut un hoquet de stupeur. Burt
recula instinctivement d'un pas, entraînant
Martha avec lui. Puis, avançant de nouveau, il
porta son regard sur le pieu de bois planté
entre les côtes du squelette.

« Est-ce ce genre de pieu que votre chien a
arraché ? » demanda M. Barker d'une voix
toujours aussi calme.

Sammy acquiesça d'un signe de tête, la
gorge nouée.

« Oui, exactement le même, répondit Burt
d'une voix faible.

— Alors vous pensez que ce squelette est
celui d'un vampire ? » demanda Ron.

Sammy, incapable d'articuler un seul mot,
se contenta de hocher la tête.

Cliff sourit à Ron. « Je connais un bon

moyen de le vérifier, dit-il avec un clin d'œil à son ami.

— Non ! s'écria Sammy.

— Ne fais pas ça ! cria Burt, surpris de la violence de sa propre réaction.

— Toi aussi tu crois aux vampires, maintenant ? se moqua Cliff.

— Non, mais tu ne devrais pas y toucher.

— On veut seulement enlever le pieu, dit Cliff.

— On le remettra en place, dit Ron. On ne l'enlèvera qu'un instant, histoire de voir si nous avons réellement affaire à un vampire.

— Arrêtez ! s'écria Sammy en frappant du pied le sol humide. Je vous interdis d'y toucher !

— Je suis de l'avis de Sammy, intervint Eric. On ne sait jamais. Supposez qu'elle dise vrai ?

— Allons, Eric, je te croyais plus sensé que ça, dit Ron.

— Ça suffit, vous tous, gronda M. Barker. Qui commande ici, hein ? C'est à moi qu'il revient de prendre les décisions. Il me semble que vous déraillez, tous autant que vous êtes, et pour en finir avec ces histoires de vampires et vous faire reprendre un peu de bon sens, c'est moi qui vais enlever ce fichu bout de bois. »

Se baissant, il se saisit du pieu.

« Non ! hurla Sammy.

— Je vous en prie, monsieur Barker, dit Burt, saisi d'une soudaine terreur. Ne faites pas ça.

— Allons, mon garçon, du calme », dit M. Barker, et il enleva le pieu des côtes du squelette.

Tout le monde le regarda sans bouger et même les plus sceptiques retinrent leur souffle tandis que la torche électrique balayait les ossements, projetant des ombres tremblotantes qui donnaient l'impression que le squelette bougeait.

Rien ne se produisit.

« Vous êtes désormais convaincus que ces histoires de vampires n'existent que dans l'ima-gination de vieux cinglés comme Jeb Wallace, dit M. Barker. Et maintenant, il est temps de regagner le canot et de rentrer. L'orage est passé. »

Il se détourna du squelette et jeta le pieu sur le sol.

« Viens », dit Burt à Martha. Il n'avait plus qu'un seul désir, fuir ces lieux aussi vite que possible.

Cliff se tourna en riant vers Sammy.

« Alors, toujours persuadée que c'est un vampire ? » demanda-t-il d'un ton moqueur.

Burt jeta un dernier regard au squelette. A travers la fine pluie qui tombait il crut percevoir un mouvement. Non, ce ne peut être que mon imagination, se dit-il. Il poussa un soupir de soulagement.

« C'est un squelette bien ordinaire, dit Ron. De l'espèce qu'on trouve dans les cimetières.

— Et moi, je pense... » commença de dire Sammy, mais elle se tut soudain, fixant d'un regard horrifié le sol devant elle.

Burt suivit son regard et sentit ses cheveux se hérisser. Pétrifiés, ils virent tous le squelette se redresser en position assise. Mais ce n'était déjà plus un squelette. Devant leurs yeux emplis d'effroi, les os se recouvrirent de chair ; une épaisse chevelure noire apparut sur le crâne et de grands yeux vitreux remplirent les orbites creuses. Une bouche apparut, trou sanglant dans le visage livide, révélant une paire d'incisives longues et pointues. Et de cette horrible bouche sortit un gémissement qui semblait venir du plus profond du monstre. Burt n'avait jamais entendu son plus effrayant.

Comme la plainte s'intensifiait, la créature se releva. Avec une rapidité foudroyante, elle saisit le bras de Martha et l'arracha à l'étreinte de Burt. La jeune fille hurla, tandis que le monstre approchait sa bouche de son cou. Burt, n'écoutant que son courage, se jeta dans les jambes du vampire et le renversa à terre.

Grondant comme un animal enragé, la créature repoussa Martha et, saisissant Burt à la gorge avec ses deux mains griffues, l'attira à lui. Burt, suffoquant, se débattit frénétiquement. M. Barker et les autres, revenus de leur stupeur, se jetèrent sur le monstre. Cliff et Ron empoignèrent chacun un bras du vampire et tentèrent, en vain, de l'écarter de Burt. Les terribles dents se rapprochaient inexorablement de la gorge du garçon. Celui-ci sentit contre son cou le souffle fétide qu'exhalait l'horrible bouche, et il sut sa mort imminente. Soudain, le vampire poussa un grand cri et relâcha son étreinte. Il tituba et finit par s'écrouler face contre terre. Dans son dos était planté le pieu avec lequel M. Barker l'avait frappé.

Burt resta à terre, cherchant son souffle, trop faible pour se relever. Les voix de ses compagnons lui paraissaient lointaines. Et puis une voix tremblante lui demanda : « Ça va, Burt ? »

M. Barker, le visage pâle, était penché sur lui.

Burt hocha la tête. « Vous avez... ?

— Oui, répondit M. Barker en posant la main sur l'épaule de Burt. J'aurais dû intervenir plus tôt, mais j'étais tellement stupéfait que je ne pouvais faire un geste ! »

Burt entendit Martha pousser un petit cri. Elle regardait le sol avec stupeur. Il ne restait du vampire que les ossements blanchis d'un squelette, un pieu de bois planté entre les côtes.

« Je ne sais pas ce qui s'est passé ici, dit M. Barker, mais nous ferions bien de foncer chez Hester Parson, pour nous occuper de ce cercueil. »

Ils regagnèrent à la hâte le canot et le remirent à flot. Quand tout le monde fut monté à bord, Ron prit le volant. Les deux moteurs rugirent et l'embarcation fila sur le lac, plus calme à présent. Il avait cessé de pleuvoir. Seuls de lointains éclairs illuminairent le ciel à l'est, tandis qu'au loin grondait le tonnerre.

Burt était assis à côté de Martha. « Tu m'as sauvé la vie, lui dit la jeune fille en lui prenant la main.

— Je... euh... il fallait bien que je fasse quelque chose, dit-il confus.

— Tu as failli mourir ! »

Burt ne savait que dire. Il était encore sous le choc. Il regarda Martha. Dans l'obscurité, son visage faisait une tache pâle. Elle lui sourit timidement. Elle était belle, mais pas autant que Lisa, dont la beauté avait quelque chose de surnaturel.

« Oh, Lisa, pensa-t-il, où es-tu ? »

Burt détourna son regard de Martha, mais garda sa main dans la sienne. Fermant les yeux, il pensa à Lisa. « Je la retrouverai, se dit-il. Je la retrouverai et je la protégerai de... »

Martha lui pressa la main et il se tourna vers elle.

« A quoi penses-tu ? lui demanda-t-elle.

— A Lisa, la fille de M. Young, répondit-il. Elle est en danger, et je dois la retrouver.

— Penses-tu qu'elle soit encore dans la région ? Si elle a pris ses affaires, il y a des chances qu'elle ait fait du stop et qu'elle soit loin à présent.

— Je ne sais pas. Nous n'avons toujours pas retrouvé le canoë, et elle est peut-être quelque part sur l'un des lacs. » Il secoua la tête d'un air désespéré.

« Je t'aiderai à la retrouver, si tu veux, proposa Martha. A moins que tu préfères être seul.

— Non, bien sûr que non. C'est très...

— Ecoutez, vous autres, cria M. Barker. Cette fois nous descendrons tous à terre, et nous ne nous séparerons pas. C'est, je l'espère, notre seule chance de nous en tirer ! »

Comme le canot approchait de l'appontement d'Hester Parson, ils remarquèrent que l'intérieur de la cabane était brillamment éclairé. Une vive lumière orangée jaillissait des fenêtres et filtrait par les nombreuses fissures de la façade aux planches disjointes.

« On dirait qu'il y a la fête chez la vieille Hester, dit Ron en guidant le canot vers le rivage.

— C'est peut-être la fête des vampires », dit Martha d'une voix tremblante en serrant fort la main de Burt.

M. Barker, s'écria soudain : « Bon sang ! il y a le feu à l'intérieur ! »

Comme pour ponctuer ses paroles, une flamme bleue jaillit de la petite cheminée de pierre. Au même instant, une silhouette en haillons apparut à l'un des coins de la cabane, une torche enflammée à la main. La lueur de la flamme illumina le visage grimaçant d'Ezra Wallace. Il eut un rire joyeux et fou, et esquissa quelques pas de danse.

Avant que quiconque pût esquisser le moindre geste, il lança la torche sur le toit et disparut dans l'obscurité du sous-bois en poussant un cri aigu qui figea le sang de Burt.

M. Barker sauta du canot, entraînant tout le monde derrière lui.

« Je m'occupe du fils de Wallace ! cria Cliff en s'élançant vers la forêt.

— Non ! beugla M. Barker. Ne nous séparons pas. Il faut d'abord sauver Hester, bien qu'il soit sûrement trop tard si elle se trouvait à l'intérieur. »

Ils parvinrent à quelques mètres de la cabane, mais la chaleur était intolérable, et ils durent reculer. Les flammes léchaient le toit à présent, et les murs s'embrasèrent d'un seul coup.

« Comment ce bois gorgé d'humidité peut-il flamber de cette façon ? » murmura Sammy, stupéfaite par la violence de l'incendie.

Burt ne sut que répondre. Il contemplait la scène avec une stupeur mêlée d'effroi.

Soudain, un cri horrible domina le ronflement des flammes, et la cabane entière s'effondra en une énorme gerbe d'étincelles. Etrangement, le feu cessa rapidement, ne laissant que des restes calcinés d'où s'échappait une puanteur sulfureuse qui prenait à la gorge et brûlait les yeux.

« Si la vieille sorcière était là-dedans, nous ne pouvons plus rien, dit M. Barker d'une voix oppressée.

— Peut-être le cercueil a-t-il brûlé lui aussi, dit Ron, une note d'espoir dans la voix.

— Non, il n'a pas brûlé ! cria une voix depuis le sous-bois.

— Eric ! Reviens ! » cria Martha en s'élançant vers l'endroit d'où venait la voix de son frère. Burt courut derrière elle, entraînant Sammy avec lui.

« Ici ! cria Eric. Vite ! »

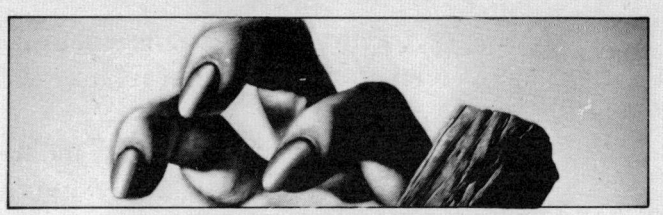

CHAPITRE 12

Trébuchant sur les pierres et les racines, Martha, Burt et Sammy se précipitèrent dans la forêt, laissant les autres derrière eux. L'obscurité était totale dans le sous-bois. Il n'y avait aucune trace d'Eric.

« Eric ! Eric, où es-tu ? » appela Burt. Les basses branches lui fouettaient le visage et s'accrochaient à ses vêtements. Il entendit Sammy pousser un cri, tandis qu'elle se prenait le pied dans une racine et tombait à genoux. Il l'aida à se relever et tendit la main vers Martha.

« Oh, Burt, pourvu que le vampire... » balbutia la jeune fille en avançant à l'aveuglette et en criant le nom de son frère.

« Je suis là, répondit la voix d'Eric. Venez vite ! »

Avec un soupir de soulagement, ils se lancèrent dans la direction d'où venait la voix et débouchèrent dans une clairière où Eric, baigné par un rayon de lune filtrant à travers les nuages, les attendait. Martha accourut vers lui et le prit dans ses bras.

« Tu n'as rien ? lui demanda-t-elle d'une voix inquiète.

— Tout va bien, répondit son frère en s'efforçant de maîtriser sa propre peur. Regardez ce que j'ai trouvé ! »

Burt regarda dans la direction qu'Eric indiquait d'une main tremblante. A la faible lueur de la lune, il distingua une longue caisse de bois... Le cercueil du vampire !

Martha agrippa le bras de Burt. « Est-ce... est-ce qu'il est vide ? murmura-t-elle en reculant.

— Il n'existe qu'un seul moyen de le savoir », dit sombrement Burt. Il s'approcha du cercueil aussi lourdement que s'il avait chaussé des bottes de plomb.

« Les vampires... ne s'y réfugient... qu'avant le jour », parvint à articuler Sammy entre deux claquements de dents. Burt tendit la main vers le couvercle, mais elle le retint par le bras en criant : « Burt, non ! Il y a peut-être quelque chose d'horrible à l'intérieur ! »

Burt dégagea son bras et souleva lentement le couvercle. Le cercueil était vide à l'exception de la maigre litière et de la guirlande d'ail que Jeb Wallace y avait déposé.

« Merci, mon Dieu ! » soupira Martha. Ses jambes ne la portaient plus, et elle se laissa choir sur le sol humide.

Pendant quelques minutes, les quatres jeunes gens restèrent immobiles, à contempler le cercueil vide, trop secoués pour parler ou faire un geste. Burt se ressaisit le premier.

« Ecoutez, dit-il, je ne sais pas ce que vous en pensez, mais je ne suis pas aussi confiant que Jeb Wallace en ce qui concerne les pouvoirs de cet ail. Nous ferions mieux de détruire cette caisse tout de suite.

— Mais comment ? demanda Sammy.

— La meilleure façon serait de la brûler, mais nous n'avons pas d'allumettes, dit Martha.

— Il nous faudrait une torche comme celle

133

d'Ezra Wallace, dit Sammy. Tiens, je me demande où il s'est enfui, celui-là.

— Nous allons briser le cercueil, décida Burt. Venez, cherchons quelques grosses pierres. Les planches ne m'ont pas l'air d'être bien clouées. Il nous sera facile de les démonter. »

Ils ramassèrent dans la clairière quelques gros cailloux et s'attaquèrent rapidement aux planches. Comme Burt l'avait remarqué, elles ne tenaient que par quelques clous et ils eurent tôt fait de les démanteler. Puis, ils les brisèrent l'une après l'autre contre le tronc des arbres, réduisant le cercueil à un tas de bouts de bois.

« Allons dire à M. Barker et aux autres que nous nous sommes occupés du cercueil, dit Eric. D'ailleurs comment se fait-il qu'ils ne soient pas avec nous ?

— Je ne sais pas, répondit Burt, réalisant soudain que ni M. Barker, ni Ron, ni Cliff ne les avaient suivis quand ils s'étaient précipités à la recherche d'Eric. « Il faut les rejoindre, et vite. M. Barker nous a bien conseillé de rester groupés. Venez, retournons à la cabane, ou ce qu'il en reste. Ils doivent sûrement nous attendre.

— On devrait peut-être prendre quelques-uns de ces bouts de bois, suggéra Martha en promenant un regard inquiet autour d'elle. Ils pourraient nous servir d'armes. On ne sait jamais ce qui peut se cacher dans ces bois. Le vampire est toujours dans la nature.

— Bonne idée ! » approuva Burt.

Ils venaient chacun de choisir un solide morceau de bois garni de clous tordus quand ils entendirent un bruit de pas et de claquement de branches.

« Hé ! Ce doit être eux ! s'écria Eric. M. Barker ! Par ici ! »

Trois silhouettes apparurent dans la clairière. Burt leva le bras en signe d'accueil, mais son geste se figea. La lueur de la lune éclairant les visages pâlis de Cliff, Ron et Barker, se reflétait étrangement dans leurs yeux aux regards fixes. Du sang s'écoulait des deux trous que chacun portait au cou. De leurs bouches béantes s'échappaient d'horribles gémissements et ils avançaient les bras tendus devant eux, pareils à des zombies en quête de victimes. Des nuages éclipsèrent brusquement la lune, et la clairière fut plongée dans l'obscurité.

« Oh non ! s'écria Sammy en reculant, les yeux emplis de terreur.

— Ce n'est pas possible, dit Eric en serrant sa planche à deux mains. Ils nous jouent une farce !

— Non ! murmura Burt d'une voix blanche. Ce n'est pas une farce. Le vampire les a mordus, et ils sont devenus à leur tour des vampires !

— Qu'allons-nous faire ? gémit Martha.

— Fuir ! cria Burt. Venez, suivez-moi ! »

Tirant avantage de l'obscurité momentanée, ils s'élancèrent vers la forêt, Burt fermant la marche. Ils coururent à travers bois, esquivant les arbres, sautant par-dessus les branches brisées, traversant les buissons comme des bêtes aux abois. Tandis que ses compagnons enjambaient un arbre abattu, Burt s'arrêta pour regarder derrière lui. La lune était réapparue, jetant une lueur lugubre sur les trois silhouettes lancées à leur poursuite. Burt avait l'impression de vivre un horrible cauchemar, et pourtant ce n'en était pas un. Les trois vampires assoiffés de sang étaient affreusement réels !

Ron trébucha et tomba à terre, mais Barker et Cliff continuèrent d'avancer, piétinant le corps de Ron. Burt rejoignit ses compagnons terrifiés, qui s'étaient arrêtés pour l'attendre.

« Continuez ! leur cria-t-il en sautant par-dessus le tronc d'arbre abattu. Courez jusqu'à la cabane de Jeb Wallace !

— Non ! nous t'attendons ! cria Sammy. Nous ne partirons pas sans toi ! »

Burt brandit sauvagement le bout de planche qu'il tenait dans sa main en direction de sa sœur.

« Continuez ! hurla-t-il. C'est un ordre ! »
Sammy, Martha et Eric se remirent à courir,
tandis que Barker, grondant comme une bête
sauvage, se jetait sur Burt et tentait de le saisir
à la gorge.

Burt lança son pied de toutes ses forces et
toucha Barker au menton. Ce dernier bascula
en arrière, heurtant Ron qui avait repris la
poursuite. Ils tombèrent tous deux, mais Cliff
— ou la créature qui s'était appelée ainsi —
bondit par-dessus leurs corps emmêlés. Burt
leva de nouveau son arme improvisée et en
asséna un grand coup sur la tête de Cliff, lui
fendant le crâne dans un atroce bruit sourd.
Il se remit ensuite à courir dans la direction
qu'avaient prise Sammy, Eric et Martha. Jetant
un coup d'œil en arrière, il vit Barker, Cliff et
Ron se relever et reprendre la poursuite. Burt
avait les poumons en feu, et son esprit s'affo-
lait. Rien ne pouvait arrêter ces monstres. Ils
continueraient d'avancer quels que fussent les
coups qu'il pourrait leur porter, et leurs mains
glacées se saisiraient de lui, leurs dents pointues s'enfonceraient dans la chair de son cou..

« La cabane ! » cria Sammy, tirant Burt de
son désespoir.

A travers une éclaircie dans le sous-bois, il
aperçut la cabane de Jeb Wallace. Si seulement ce dernier avait raison au sujet des

pouvoirs de l'ail ! Le vieux solitaire ne s'était pas trompé jusque-là. Si seulement ils pouvaient atteindre l'abri à temps ! S'ils pouvaient tenir jusqu'au matin, ils auraient un répit jusqu'à la nuit suivante...

Sammy traversa comme une flèche la clairière baignée par l'éclat de la lune. Elle s'engouffra dans la cabane, suivie de près par Martha et Eric. Dans un dernier effort, Burt sauta les marches branlantes le séparant de la porte. Il allait refermer celle-ci derrière lui quand il entendit une faible et lointaine voix qui l'appelait.

« Burt ! Burt, c'est toi ? »

Il rouvrit la porte et scruta l'obscurité.

« Lisa ! » cria-t-il, oubliant les trois silhouettes menaçantes qui se rapprochaient rapidement.

CHAPITRE 13

« Burt ! Je t'en prie, aide-moi ! »

Burt avait beau scruter l'obscurité, il ne parvenait à apercevoir la jeune fille.

« Rejoins-nous vite dans la cabane ! cria-t-il.

— Je ne peux pas ! Oh, Burt, je ne peux pas !

— Pourquoi ?

— Ma cheville ! Je me suis foulé la cheville ! »

Burt fit un pas dehors, mais Sammy le retint par le bras.

« N'y va pas ! le supplia-t-elle.

— Mais il le faut ! Ne vois-tu pas qu'ils vont la tuer, sinon ?

— Burt, non !

— Ne sors pas, Burt ! » le pria Martha d'une voix tremblante.

Il se libéra de Sammy et descendit les marches du porche. Aussitôt Cliff plongea dans ses jambes. Burt essaya de l'esquiver, mais le vampire lui saisit les chevilles. A coups de planche, Burt parvint à lui faire lâcher prise, juste à temps pour frapper Ron en plein visage avec la planche cloutée. Pivotant sur lui même, il donna un coup de pied dans le ventre de Barker et se mit a courir.

« Lisa ! hurla-t-il. Lisa, où es-tu ?

— Ici ! »

Burt s'élança vers l'endroit d'où venait la voix. Elle semblait provenir du lac.

Soudain, il aperçut Lisa. Elle était juste devant l'appontement de Jeb. Assise par terre, elle se tenait la cheville. Burt s'agenouilla à côté d'elle. Pendant un moment, à la vue de son si beau visage, il oublia le danger.

« Oh, Lisa, dit-il, j'ai cru ne jamais te retrouver !

— Je n'ai pas pu partir, murmura la jeune fille. Il fallait que je te revoie ! »

Burt entendit les vampires se rapprocher. Sans prendre le temps de se retourner, il glissa un bras sous les genoux de Lisa, l'autre sous ses épaules, et la souleva.

« Allons nous réfugier dans la cabane », dit-il. Mais Barker, Ron et Cliff n'étaient plus qu'à quelques mètres.

« Mon canoë ! dit Lisa. Nous pouvons nous enfuir avec le canoë ! »

Burt se tourna vers l'appontement et aperçut l'embarcation de la jeune fille, amarrée au bout de l'ouvrage vétuste. Portant Lisa, il se mit à courir sur les marches branlantes.

Il se retourna et vit les trois vampires qui s'engageaient à leur tour sur l'appontement. Burt se hâta de faire descendre Lisa dans le canoë, le détacha, y grimpa à son tour et se mit à pagayer furieusement vers le large.

Jetant un coup d'œil en arrière, il vit les trois monstres qui se tenaient au bout de l'appontement en gémissant, les mains tendues comme pour les attraper.

Burt se remit à pagayer. Il espérait que l'ail disposé à la porte et aux fenêtres de la cabane protégerait Sammy et les autres.

Finalement, il reposa la pagaie dans le fond

du canoë. » Inutile d'aller plus loin, dit-il. Nous sommes en sûreté ici, au milieu des eaux.

— Tu m'as sauvé la vie. » La voix de Lisa n'était qu'un doux murmure. « Comment pourrais-je jamais te remercier ?

— Inutile de me remercier. Je suis tellement heureux que tu sois saine et sauve. J'ai cru... » Il secoua la tête. « Nous t'avons cherchée toute la journée. Nous sommes allés jusqu'à l'endroit où tu campais avec ton père. J'avais tellement peur de ne plus te revoir, Lisa. Si peur que le vampire te retrouve. Regarde ce qu'il a fait de mes amis. » Burt eut un geste vers l'appontement au loin. « Et il a bien failli tuer la sœur d'un autre ami, mais elle a pu lui échapper en nageant sous l'eau, comme tu l'as fait.

— J'avais l'intention de partir, dit Lisa d'une voix suave, mais je n'arrêtais pas de penser à toi. Finalement, j'ai pagayé jusqu'à l'une de ces îles et je suis restée là toute la journée, en me demandant ce que j'allais faire.

— Malheureusement, c'est là que Jeb a déposé les corps des vampires. Nous avons trouvé un autre squelette, cette nuit même. » Burt frissonna en pensant aux victimes de celui qu'on avait surnommé le tueur des Trois Lacs. « Je parie qu'il y a des ossements dans chacun des îlots du lac. Tu n'en as pas vu par hasard ?

— Non.

— Celui que nous avons trouvé était sur l'île de la Chèvre. Martha avait nagé jusque là et... » En prononçant le nom de Martha, il lui sembla avoir oublié un détail très important.

« Ne parlons plus de vampires ! dit Lisa en frissonnant. Je veux oublier tout ça.

— Oui, bien sûr, mais il y a une chose... »

Elle pressa un doigt sur ses lèvres. « Chut ! » Puis elle s'agenouilla aux pieds de Burt et leva la tête vers lui. Ses lèvres parfaites étaient toutes proches des siennes. « Tu m'as manqué », murmura-t-elle. Burt sentit son souffle chaud contre son cou. Elle lui caressa le visage. Ses doigts descendirent lentement le long de sa nuque et s'arrêtèrent contre le bourrelet de caoutchouc du gilet de sauvetage, qu'il n'avait pas eu le temps d'ôter. Lisa frotta ses lèvres contre celles de Burt pendant qu'elle dégrafait les sangles du gilet.

« Que fais-tu ? lui demanda-t-il, surpris.

— Je l'enlève. »

Soudain, Burt se rappela les paroles de Martha « Je n'arrivais pas à plonger sous l'eau à cause du gilet qui me retenait à la surface, et le vampire a bien failli m'avoir pendant que je défaisais les sangles. »

Burt saisit les mains de Lisa.

« Qu'y a-t-il ? demanda-t-elle en levant vers lui un regard étonné.

— Tu m'as bien dit que tu avais pu échapper à la chauve-souris en plongeant sous l'eau, non ?

— Oui, c'est vrai.

— Mais lorsqu'on t'a retrouvée, tu portais encore ton gilet de sauvetage. »

Lisa eut l'air décontenancé. « Ah oui ? fit-elle.

— Comment as-tu pu plonger sous l'eau avec un gilet qui, nécessairement, t'empêchait de le faire ? »

La jeune fille eut un étrange sourire. « Il est possible de plonger avec un gilet, n'est-ce pas ? »

Une impression de malaise mêlé de peur s'empara de Burt.

« Alors, dis-moi comment tu as pu échapper à la chauve-souris ?

— Quelle question idiote ! » s'écria Lisa en lui caressant le visage. « Burt, la chauve-souris, c'est moi ! »

Il se figea sous sa caresse.

« Quoi ? s'exclama-t-il, le souffle coupé.

— Burt, mon bien-aimé, tu as percuté le canoë de cet homme, avant que j'en aie tout à fait terminé avec lui. J'étais dans ma forme humaine, quand je suis tombée par-dessus bord. Malheureusement, je ne peux me métamorphoser dans l'eau. Aussi, j'ai enfilé un gilet de sauvetage qui se trouvait dans le canoë et j'ai prétendu être sa fille.

— Et c'est faux ? » demanda stupidement Burt. Les pensées tourbillonnaient dans sa tête. Il n'en croyait pas ses oreilles.

« Autant que je sache, dit-elle en lui caressant les cheveux, cet homme n'avait pas d'enfant, avec lui du moins. Je ne l'avais jamais vu de ma vie. Mon père était le prince Vlad de Roumanie, et ma mère, Hester Parson. Elle l'a rencontré au cours d'un voyage, mais ceci est une longue histoire, et nous n'avons pas le temps maintenant.

— Tu... tu es le vampire ?

— Bien sûr, répondit Lisa avec un étrange calme. Je suis le vampire, alias le tueur des Trois Lacs. La chauve-souris qui a attaqué ta sœur et cette autre fille, celle qui a mordu tes trois amis derrière la cabane d'Hester, le squelette que vous avez découvert hier dans l'île de Trait, tout cela, c'est moi ! »

Tout en souriant tendrement, elle fit glisser le gilet de sauvetage des épaules de Burt. Ses doigts se promenèrent doucement sur son cou et sa gorge.

« Et maintenant, il est tant pour toi de rejoindre le royaume des morts vivants, dit-elle dans un souffle.

— Non », murmura Burt d'une voix loin-

taine. Il éprouvrait une bizarre sensation d'en-
gourdissement.

« Oui, chuchota-t-elle. Nous célébrerons la
nuit ensemble, mon aimé, et nous nous abreu-
verons du sang chaud des vivants ! »

Burt sentit la moiteur de son haleine contre
son cou. Il pensa vaguement qu'il devait se
défendre, la repousser, mais il était étrangement calme. Résister lui demandait trop
d'effort...

Il sentit les lèvres de Lisa contre sa peau, la
pression de ses dents contre sa gorge, et
attendit la morsure en se demandant seulement
si cela lui ferait mal.

Puis il perçut un vrombissement lointain. On
aurait dit un bruit de moteur. Il trouva cela
bizarre.

Lisa le repoussa brusquement en jurant et
fixa du regard le lac. Sa lèvre supérieure était
retroussée, découvrant de longues et blanches
incisives.

Burt suivit son regard et distingua un canot
automobile venant vers eux à grande vitesse.
Trois silhouettes se découpaient à l'avant.
Barker, Cliff et Ron, pensa-t-il tout d'abord.
Puis il vit, à leurs cheveux au vent, qu'il y
avait deux filles à bord. L'une d'elles portait
un objet long et courbe... un arc ! L'un des arcs
de Jeb Wallace !

Lisa se dressa en grondant comme un fauve, alors que l'embarcation se rapprochait. Elle rejeta la tête en arrière et agita les bras. Une flèche siffla près de son visage. Une autre frappa le flanc du canot et se perdit dans l'eau. Le corps de Lisa fut pris d'une soudaine convulsion et, devant Burt médusé, une horrible métamorphose s'opéra. Son beau visage noircit, s'amincit, se couvrant de poils ! Ses bras se déformèrent, ses mains s'allongèrent en de sombres griffes, tandis que des ailes se déployaient comme deux voiles noirs. Elle n'était plus qu'une grande chauve-souris qui s'apprêtait à tuer.

Burt se jeta sur le monstre et, l'agrippant à deux mains, l'entraîna par-dessus bord, plongeant aussi profondément qu'il le pouvait. Sous l'eau, la chauve-souris se débattit furieusement, essayant de plonger ses crocs mortels dans le cou du garçon. Quand il sentit ses poumons menacés d'éclater, Burt refit surface, maintenant la créature sous l'eau. La bête s'affaiblissait, mais il attendit que le corps fût complètement flasque entre ses mains pour le laisser remonter à la surface.

Le canot, qui était celui de Jeb, se rangea à côté du canoë.

« Burt ! Burt, ça va ? demanda Sammy d'une voix craintive.

— Oui, dit-il, j'ai tué la chauve-souris. »

Il s'accrocha d'une main au canot, tenant de l'autre la bête.

« Donne-moi une flèche, Sammy », demanda-t-il. Pour une fois, sa sœur s'exécuta sans discuter. Burt jeta la chauve-souris dans le fond du canot tandis que Martha, Eric et Sammy s'écartaient en frissonnant d'effroi. Prenant appui sur le bordage de l'embarcation, Burt leva bien haut la flèche et la plongea violemment dans le corps du monstre.

Il le déposa ensuite dans le canoë et se laissa immerger un instant dans le lac comme pour se laver de l'horrible cauchemar qu'il venait de vivre. Mais Burt savait que malgré tous ses efforts il n'oublierait jamais ni le monstre ni la belle Lisa.

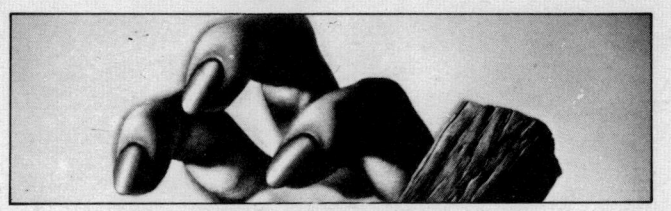

CHAPITRE 14

Burt s'assit dans le canot tandis qu'Eric démarrait le moteur. Il avait attaché le canoë à l'arrière, et la légère embarcation suivit en dansant dans leur sillage. Martha, assise à côté de lui, serrait sa main dans la sienne en le couvrant d'un regard soucieux.

« Comment saviez-vous que Lisa était le vampire ? demanda Burt après un long silence.

— Nous l'ignorions, répondit Sammy.

— Comment se fait-il que vous soyez arrivés juste à temps ?

— Nous avons entendu Barker, Ron et Cliff qui essayaient de mettre en marche le canot de Jeb, et nous avons pensé que vous seriez en grand danger si jamais ils vous rattrapaient, expliqua Sammy. Nous ne savions que faire, et puis j'ai vu les arcs de Jeb, et je me suis dit que les flèches en bois devaient avoir le même effet qu'un pieu si on touchait le vampire au cœur. C'est pourquoi Jeb avait toutes ces flèches. Heureusement que j'ai suivi des leçons de tir à l'arc, dit-elle avec un rire nerveux.

— Elle a été formidable ! s'exclama Eric avec un regard admiratif pour Sammy. Elle les a descendus l'un après l'autre. Hé ! Tu ne voudrais pas me donner quelques leçons ? Cela pourrait peut-être m'être utile un jour. »

Sammy eut un sourire timide. « Pourquoi pas ? dit-elle en haussant les épaules. Il nous reste encore une semaine de vacances. »

Malgré le faible éclat de la lune, Burt crut voir sa sœur rougir. Elle n'avait cependant pas répondu à sa question.

« Bien joué, Sammy, lui dit-il, mais cela ne me dit pas comment vous vous êtes retrouvés sur le lac.

— C'est moi qui ai eu l'idée de vous rejoindre, expliqua Martha. Barker, Ron et

Cliff ne pouvaient plus nous nuire, mais le vampire qui les avait attaqués devait être quelque part. Je me suis rappelé comment la chauve-souris avait tué le père de Lisa dans le canoë...

— Ce n'était pas son père, dit Burt. Seulement une victime de plus. » Il baissa la tête.

« Je me souvenais aussi de l'attaque que j'avais subie moi-même, et j'ai donc pensé que vous couriez le même danger. C'est pourquoi nous vous avons suivis. Mais je n'aurais jamais cru que c'était Lisa le vampire !

— Tandis que nous nous approchions, ajouta Sammy, nous l'avons vue se dresser dans le canoë et, à son air menaçant, nous avons compris qu'elle était aussi un vampire. J'ai commencé à tirer, mais les mouvements du canoë m'empêchaient de viser correctement. »

Burt ; ferma les yeux un instant, et une expression de douleur se peignit sur son visage. Martha lui pressa la main.

« Burt, dit-elle doucement, ne soit pas triste. Je sais que tu étais amoureux d'elle, mais ce n'est pas vraiment Lisa qui est morte. C'était un être monstrueux et terrible. Ce n'était pas la jeune fille que tu as connue. »

Les mots résonnèrent dans l'esprit de Burt. Ce n'était pas Lisa... non, ce n'était pas elle...

Il essaya d'ouvrir les yeux, mais il avait l'impression d'avoir les paupières cousues. Il sentit une main sur son bras et entendit son nom.

« Burt, appelait la voix. Burt... »

Il s'efforça de nouveau de rouvrir les yeux, mais sans y parvenir. La main le secouait à présent et la voix se faisait insistante.

« Burt ! Hé, Burt ! » cria Sammy.

Avec un grand effort, Burt se libéra du rêve. Il rouvrit les yeux, et la vive lumière l'aveugla un instant. Il était en sueur et tremblait de tout son corps. Une douleur sourde lui enserrait les tempes.

« Eh bien, quelle tête tu fais ! Tu as dû faire un drôle de cauchemar », lui dit sa sœur.

Il regarda le rivage et le lac, puis derrière lui dans les bois. « Où...

— Où sommes-nous ? demanda Sammy. Mais dans l'île, crétin. Tu ne te souviens pas ? »

Viking, couché aux pieds de Sammy, leva la tête. Il regarda Burt d'un air paresseux, puis se remit à mâchouiller le piquet de bois qu'il tenait entre ses pattes.

« Quelqu'un finira bien par venir nous chercher... dit Sammy.

— Ce piquet de bois ! s'écria Burt en se redressant d'un bond.

— Eh bien, qu'est-ce qui te prend ?

— Avons-nous trouvé un squelette ? demanda-t-il.

— Bien sûr. Tu as perdu la mémoire, ou quoi ?

— Quand... ? Quand l'avons-nous trouvé ? » Il tenait sa sœur par les épaules.

Sammy leva vers lui un regard étonné. « Il y a environ deux heures. Juste avant que ce fou file avec notre canot.

— Est-ce que Viking a pris ce piquet de bois sur le squelette ?

— Tu es sûr que ça va ? »

Burt secoua la tête. « Retiens le chien, veux-tu ? »

L'air perplexe, Sammy saisit le collier de Viking. Le chien grogna quand Burt lui arracha le piquet de la gueule.

« Bon, tu ne le lâches pas, d'accord ? lança-t-il en se dirigeant vers le bois.

— Où vas-tu ? lui demanda Sammy.

— Je reviens dans une minute. » Burt se hâta de gagner la petite clairière où ils avaient découvert un squelette humain. Il le regarda pendant un moment, l'air rêveur. Puis il se baissa et planta le pieu au milieu des os brisés de la cage thoracique.

En revenant vers le rivage, il trouva une branche morte pour Viking.

« Qu'est-ce qui te préoccupe ? demanda Sammy.

— Les vampires », murmura-t-il.

Elle rit. Burt garda le silence. Son visage exprimait le soulagement.

Un canot à moteur apparut au loin. « Regarde, nous sommes sauvés ! s'écria Sammy.

— Il remorque un canot, fit remarquer Burt. Je parie que c'est le nôtre ! »

Ils se mirent tous deux à crier et à faire de grands signes, jusqu'à ce que le canot se dirige vers eux.

SPECTRES

Enfin des livres où les pages
claquent des dents.

*La série SPECTRES : une série pour les amateurs de
sueurs froides et d'émotions violentes, une série qui fait
découvrir les phénomènes du surnaturel : prémonitions,
télépathie, hypnose, magnétisme.*

L'INITIATION Robert BRUNN

Adam ouvrit au hasard le vieux livre trouvé par Loren :
« Le sang de l'homme est notre lait. Buvez-en
abondamment et le monde sera vôtre. Nous sommes
des êtres supérieurs et tous les humains que nous
mordons deviennent nos fidèles serviteurs... »
Adam referma rapidement l'ouvrage.
« Voyons, Loren, tu sais bien que les vampires ne
sont que pure invention. »
Les deux jeunes gens allaient malheureusement
découvrir que ces monstres assoiffés de sang n'existent
pas qu'au cinéma.

PUISSANCE OCCULTE Betsy HAYNES

La silhouette s'approcha lentement. Le brouillard
dissimulait ses traits. Marilyn sentit son sang se glacer
tandis que le sombre visage se penchait vers elle.
« N'essaie pas de m'échapper. C'est inutile.
TU ES EN MON POUVOIR... »
Marilyn refusait de croire à cette effroyable révélation.
Et pourtant... Elle n'était plus désormais qu'une
marionnette sans volonté, manipulée par un être doté
d'étranges pouvoirs psychiques.

ATTIRANCE   Imogen HOWE

Janet va attaquer l'escalier quand elle croit entendre
des bruits de pas!

Immobile, le corps tendu par la peur, elle retient son
souffle.

Un sifflement lugubre transperce la nuit.

Janet ignore qu'elle est entre les pattes d'une créature
maléfique en balade chez les vivants pour une tâche
sinistre ordonnée du fond des temps.

POUVOIRS   Dorothy
DIABOLIQUES   BRENNER FRANCIS

La paupière lourde, Kelly reconnut la tête du toubib.

Une fois de plus, un terrible flash durant son sommeil :
son amie Bonnie assassinée à des milliers de
kilomètres, et ce rire odieux qui revenait sans cesse.

Elle savait qu'un jour, ce rire aurait un visage.

SOMMEIL DE MORT   Dale COWAN

Jennie était partie pour faire le tour du cadran.

Confort total!... mais voilà! dans le couloir le plancher
craque... juste là derrière sa porte!

Effrayée, Jennie songea à la prière accrochée
au-dessus de son lit :

> "Des vampires et des fantômes,
> des bêtes aux pattes velues
> et des créatures qui rôdent dans la nuit
> Délivrez-nous, Seigneur."

Jennie espérait vivre en Écosse un été pas comme les
autres.

Elle n'allait pas être déçue!

VOIX DANS LA NUIT   James HAYNES

Une fois de plus, venant de l'écurie, la voix rauque
déchira la nuit.

Tremblant de tout son corps, Christie agrippa le bord
de son lit.

Elle devait lutter, résister de toutes ses forces.

Sans le savoir, Christie avait taquiné un vieux démon
qui en écrasait depuis des siècles.

Il cherchait maintenant à lui faire partager son monde :
les ténèbres!

ROSES ROUGE SANG   S. ARMSTRONG

Kate se réveilla en sursaut au milieu de la nuit. C'était
la seconde fois qu'un horrible cauchemar la terrifiait à
ce point.
« Que m'arrive-t-il ? se demanda-t-elle effrayée. J'ai
l'impression de ne plus être moi-même. »
Kate ne croyait pas si bien dire. Depuis le jour où elle
avait fait l'acquisition de ce vieux miroir, elle vivait,
sans le savoir, sous l'emprise d'une créature
démoniaque qui prenait peu à peu possession de son
âme.

PACTE INAVOUABLE   Charles VELEY

Au moment de franchir la porte des vestiaires, Joey
sentit soudain une main glacée se poser sur son bras.
Il leva brusquement la tête et aperçut l'homme qui se
tenait dans l'obscurité.
« Tu as promis de donner le meilleur de toi-même
pour l'équipe, Joey. N'oublie pas notre contrat.
Ton nom est maintenant dans le livre... »
Joey n'aurait pas dû signer le mystérieux registre de
cuir noir, car sa vie était maintenant entre les mains
d'un être diabolique aux pouvoirs illimités.

L'OMBRE DE L'ARBRE MORT   Colin DANIEL

Soudain, la lueur s'intensifia. Maggie regardait,
fascinée, l'étrange flamme danser dans l'obscurité de
sa chambre.
Lentement, elle s'en approcha en retenant son souffle.
Elle sursauta en sentant une main glacée se poser sur
son bras...
Brusquement lui revint en mémoire l'inquiétant
message reçu quelques jours plus tôt :
« Ce village est maudit ! Pars sans perdre un instant ! »

SOIF DE VENGEANCE   E. STEVENSON

Christina avançait, le regard fixé sur la colline qui
se dressait comme un gigantesque mausolée.
Elle s'arrêta tout à coup.
« Non ! Je ne dois pas continuer, se dit-elle avec
angoisse. Cette colline est un endroit maléfique. »
Mais inconsciemment Christina se remit en marche,
incapable de résister à cette force obscure qui l'attirait
vers ce piège mortel...

CERCLE INFERNAL   Imogen HOWE

En apercevant la misérable cabane au milieu des bois,
Jenny sentit ses jambes se dérober. Simon la tira
fermement par le bras.
« Quel endroit sinistre ! dit-elle en frissonnant. Je t'en
supplie, allons-nous-en !
– Trop tard pour reculer. Il faut à tout prix élucider
ces mystérieuses disparitions d'enfants. »
Pour cela, Jenny et Simon allaient devoir affronter de
redoutables forces obscures, et le prix à payer risquait
d'être fort élevé...

LA CHAMBRE AUX MALÉFICES   Janet
                                   PATTON SMITH
En gravissant lentement les marches du perron, Lisa
songea soudain aux paroles angoissées de sa tante :
« La maison d'en face est habitée par un vieux fou
solitaire et dangereux. Surtout, ne t'en approche
jamais. JAMAIS ! »
Poussée par une force obscure, Lisa franchit
néanmoins le seuil de la sinistre demeure.
Elle s'apprêtait à faire un inquiétant voyage dans le
passé, au risque de ne jamais en revenir...

SPECTRES

IMPRIMÉ EN FRANCE PAR BRODARD ET TAUPIN
58, rue Jean Bleuzen - Vanves - Usine de La Flèche, 72200
Loi n° 49-956 du 16 juillet 1949 sur les publications destinées à la jeunesse.
Dépôt : novembre 1985.